나무

나무

고다 아야 | 차주연 옮김

궁금하던 책을 읽을 수 있게 되어 기쁘다. 영화 「퍼펙트 데이즈」의 주인공 히라야마가 헌책방에 가서 고르는 고다 아야의 『나무』 이야기다. 서점 주인은 그가 고른 책을 보고는 "고다 아야 너무 저평가됐죠? 같은 단어도 이분이 쓰면 느낌이 다르다니까"라며 말을 건넨다. 책값을 계산하는 히라야마의 눈은 이미 첫 페이지에 꽂혀 있다. 아마 첫 문장을 읽고 있을 것이다. "이야기는 갑자기 가문비나무의 세대교체로 옮겨갔다."

말년의 노작가가 홋카이도에서 야쿠섬까지 일본의 나무들을 찾아다니며 쓰고 엮은 산문집 『나무』는 비전문가의 눈으로 착실하게 초목을 배워가며 그 안에 머문 시간 그 자체. 식물학자가 될 수 있었을지도 몰랐을, 초목에 눈 밝았던 언니는 먼저 세상을 떠났다. 소설가였던 아버지는 그 전에도, 후에도, 꽃 이야기, 나무 이야기를 해주었다. 작가의 아버지에서 딸에 이르는 3대가 등꽃을 둘러싸고 나누는 대화는 다감하게 회고적인데,

그 안에 출렁이는 감상이 『나무』를 각별히 빛나게 한다.

고다 아야는 시종 조바심 내며 발걸음을 옮긴다. "이제 시간이 얼마 남지 않았다는 생각에 오늘의 기회를 놓치지 않으려고 성급하게 쫓아간다. 다음 기회를 기약하던 지금까지의 여유는 사라져버렸다." 여유 없음이 충만함을 부른다. 매 순간이 귀하기 때문이다. 소설가 하야시 후미코가 "한 달에 35일 비가 내린다"라고 쓴 바 있다는 야쿠섬은 훗날 애니메이션 「원령공주」의 모티브가 된 장소로도 알려져 있는데, 고다 아야의 글로 야쿠섬을 방문하면 "신은 높은 나무 꼭대기로 강림한다"라는 말이 절절하게 와닿는다.

나무와 문학이 만나 『나무』가 되었다. 이 책의 탐미주의는 곧게 뻗어 자라는 초목의 힘만큼이나 죽음과 붕괴에 격렬하게 반응한다. 말년의 글쓰기가 갖는 깊은 눈짓이 이런 것 아닐까.

— 이다혜 작가, 『씨네21』 기자

나는 식물을 '종(種)' 단위로 이야기할 때가 많다. 내가 그리는 식물세밀화 또한 종을 식별하기 위한 그림이다. 나는 줄곧 종보다 더 촘촘한 단위, 이를테면 북한강 변에 선 버드나무, 어느 수목원 박물관 앞 복자기나무처럼 '개체'로서 식물을 이야기하기를 꿈꾼다. 하나의 종 이전에 한 그루의 나무가 있기 때문이다.

이 책의 저자는 내내 나무를 '개체'로 이야기한다. 도쿄 에도가와의 절에 있는 소나무, 미에현 스즈카의 전원 속에 있는 녹나무, 후쿠시마현의 도로 옆 밭에 있는 삼나무……. 작가의 시선은 눈앞의 나무 한 그루에서 시작해 일본 전역의 나무와 식물계, 더 나아가 환경과 인간에 대한 사색에까지 이른다.

이 책은 에세이 같기도 하고, 도감 같기도 하며, 긴 시와 같기도 하다. 나무 이야기 속에 인간의 삶의 이야기가 흐른다. 가을 숲을 묘사하며 다가올 겨울을 예감하고, 지나온 여름을 기억한다. 그야말로 이 책은 내내

오묘하다.

　나는 이 책이 나무를 이야기하는 방식에 완전히 매
료되었다.

— 이소영 식물세밀화가

가문비나무의 갱신

えぞ松の更新

　이야기는 갑자기 가문비나무의 세대교체로 옮겨 갔다.

　홋카이도 자연림에서 가문비나무는 쓰러져 죽은 나무 위로 새로운 나무가 자란다. 물론 숲속의 가문비나무가 해마다 지상에 퍼뜨리는 씨앗은 셀 수 없이 많다. 그러나 홋카이도의 자연환경은 열악하다. 싹이 터도 나무로 자라지 못한다. 하지만 쓰러져 죽은 나무 위에 안착해 싹을 틔운 씨앗은 행복한 씨앗이다. 수월하게 자랄 수 있는 조건이 마련되었기 때문이다. 그렇다고 아무 걱정 없이 여유 있게 커갈 수

11

는 없다. 쓰러져 죽은 나무 위는 좁다. 약한 존재는 버티지 못하고 사라진다. 열악한 조건에 적응할 수 있는 정말 강하고 운 좋은 소수의 몇 그루만 겨우 생존을 허락받는데 현재 수령이 300~400년쯤 된 나무도 있다. 이 나무들은 같은 나무 위에 안착해 자랐기 때문에 일렬종대로 가지런하고 반듯하게 열 맞춰 서 있다. 그러니 아무리 뭘 모르는 사람이라도 한눈에 '아, 이게 쓰러져 죽은 나무 위로 새로운 나무가 자라난 세대교체의 현장이구나' 하고 알아챌 수 있다는 이야기를 들었다. 이야기에서 산속의 차가운 공기가 느껴졌다. 감동이 느껴졌다. 이 얼마나 흥미로운 이야기인가. 이 얼마나 인상적인 이야기인가. 이야기를 듣는 것만으로는 부족했다. 내 눈으로 꼭 직접 확인해보리라 결심했다.

다행히 홋카이도 후라노에 있는 도쿄대 부속 수목원을 견학할 수 있는 기회를 얻었다. 간절한 일념으로 애걸복걸한 결과다. 애걸복걸하는 소리를 듣는 입장에서야 재앙이 따로 없었겠지만, 나로서는 정말 죄송한 줄 알면서도 그럴 수밖에 없었다. 나도 이제 나이가 나이인지라 이 기회를 놓치면 끝이라는 생각을 하니 괜스레 조급한 마음에 민폐를 끼친다는 사실도, 창피하다는 생각도 모른 체하며 애걸했던 터라 가문비나무와의 만남이 성사되었을 때는 너무 기뻤다.

9월 28일인데도 홋카이도에는 벌써 단풍이 들기 시작했다. 단풍이 막 물들 무렵이어서 빛깔이 유달리 선명했다. 기찻길을 따라 군데군데 피어 있는 까실쑥부쟁이의 보랏빛이 짙었고, 숙소 현관 옆에 심어진 마가목 가지에는 새빨간 열매가 주렁주렁 달려 있었다. 가을은 절정을 향해 가고 있었다. 안내받은 방의 난로에는 불이 지펴 있었다. 날이 저물면서, 갑자기 추워졌다. 오늘 아침 도쿄를 떠날 때 반신반의하며 들었던 '홋카이도의 기온은 섭씨 3도'라는 기상 정보를 피부로 직접 느낄 수 있었다.

첫날은 표본실이라 할 수 있는 곳에 갔다. 홋카이도산 거목 샘플이 있었다. 정해진 치수대로 잘라 모아놓은 기목을 껍질째 그대로 떡하니 세워놓았다. 무엇보다도 우선 중량감에 압도당했다. 콘크리트 건축물이 주는 중량감은 눈에 익어서 별 동요가 없었는데 나무가 주는 중량감에 도시인의 신경은 맥없이 무너졌다. 이런 상태가 되니 뭘 기억하는 게 어려웠다. 들어도 들리지 않고 보아도 보이지 않는 상태로, 그때는 열심히 배웠던 것 같은데 나중에는 전부 지리멸렬해져서 기억에 남는 것이라곤 거대한 기둥들뿐이다.

이틀째는 '나무 바다'라고 적힌 비석이 있는 전망 좋은 곳에 갔는데 저 멀리 능선을 손가락으로 가리키기에 수목원의 면적을 짐작게 했다. 골짜기로 내려가 지프차로 산을 오르고 또 오르며 높이에 따라 자생하는 수종이 점점 달라진다는 사실을 몸소 배웠다. 그리고 수형목(秀型木), 소위 엘리트 나무로 정평난 침엽수와 활엽수를 봤다. 물론 엘리트 나무로 결정되려면 여러 조건에 들어맞아야 한다. 그런데 엘리트 나무는 비전문가가 보아도 곧바로 수긍할 만한 수려함을 갖추고 있다. 그때 가랑비가 내렸고 골짜기에서 안개가 피어올라 앞길을 가리더니 발밑 도처에 무성하게 자란 조릿대에 이슬을 남기며 지나갔다. 나도 모르게 감정이 격해졌다. 선별에 선별을 거친 엘리트 나무는 반박을 못 할 만큼 수려하다. 엘리트가 아닌 수많은 평범한 나무들도 그 평범함에 다시 등급이 매겨진다. 이 나무들 또한 튼튼하고 듬직하다. 꼴찌는 약한 몸으로 간신히 살아가는 허약하고 열등한 나무일 것이다. 슬프다 해야 할지, 가엾다 해야 할지 모르겠다. 나무는 정말로 말이 없기에 나도 누군가에게 뭐라고 말을 걸고 싶은 욕구를 꾹 누르며 숲의 정적을 따라 잠시 멈춰 섰다.

사흘째에는 또 다른 골짜기를 통해 숲으로 들어갔다. 가는 도중 차 안에서 식물의 군락, 군락의 이동, 그 환경에 대해 배웠다.

그리고 목적지인 쓰러져 죽은 나무 위로 새로운 가문비나무가 자라나는 '가문비나무의 세대교체' 현장에 도착했다. "잘 찾아보세요, 그쪽에 있을 거예요. 저쪽에도 있을 거고요"라는 말에 순간 당황했다. 도무지 짐작도 가지 않는, 일대에는 그저 비슷하게 생긴 나무 밑동들만 있었다. 어제부터 내린 비가 오늘까지도 그치지 않아 울창한 숲속은 다소 어두웠고 나무는 흠뻑 젖어 있었다. 위를 쳐다보니 우듬지는 가지가 이리저리 얽혀 우산 모양을 이루고 있다. 지난번에 듣기로는, 가문비나무의 세대교체 현장은 아무리 멍청한 사람이라도 한눈에 알아볼 수 있다고 했는데 그 말이 새빨간 거짓말이었다는 생각이 들자 화가 났다. 얼룩조릿대의 키가 가슴까지 와서 걷기가 힘들었다. 점점 나무의 밑동만 쳐다보는 꼴이었다.

"이쪽으로 와서 보세요." 간신히 세대교체의 현장을 봤다. 나는 감탄 어린 한숨만 내쉬며 세대교체의 현장을 주시했다. 바보라도 알 수 있는, 정말로 한일자 형태로 줄지어 자란 굵은 나무줄기가 눈에 들어왔다. 에조(도호쿠와 홋카이도 등을 포함하는 지역을 일컬어 부르던 옛 지명이다. 소나뭇과 식물인 가문비나무는 일본어로 '에조마쓰'라고 한다. '마쓰'는 '소나무'를 가리키는 말로, 에조마쓰란 에조 지역의 소나무라는 뜻이다 – 옮긴이)라는 광활한 지역의 이름이 그 이름 앞에 붙은 이 나무는 정말 한일자 모양으로 숙연하게 줄지어 서 있었다. 위압감은 없었지만 난잡함을 거부하는 품격이 있다. 청아하고 평안한 그런 품격이었다. 쉽사리 접근을 허락하지 않는 품격이다. 굵기와 높이가 비슷한 나무가 일곱 그루 정도 있는데 그 사이사이에 그보다 작고 가는 나무가 일정한 간격으로 섞여 있었다. 자연의 동반자는 조화롭게 공존한다.

이 나무는 몇 살이냐고 물어봤다. 250살이나 300살 이상일 거다, 이곳은 자연조건이 열악해서 나이에 비해 몸통이 가늘다는 답이 돌아왔다. 걸음을 멈춘 채 마음을 진정시키고 있는데 주변 여기저기서 똑똑 하는 소리가 드문드문 들려왔다. 사방에서 떨어지는 빗방울이 조릿대 잎을 두드리는 소리였다. 비가 주는 여운인 걸까? 안개가 주는 선물인 걸까? 아니면 가문비나무가 건네는 인사인 걸까? 어깨 위에서 나는 소리도 있었다.

그러나 안타깝게도 그곳에는 쓰러져 죽은 나무 위로 새로운 나무가 자라났다는 사실을 보여주는 물적 증거가 없었다. 일렬로 늘어서 있다는 단서를 통한 추리일 뿐, 물증이 없었다. 믿지 못하겠다는 말은 아니다. 하지만 더 탐욕스레 살펴보고 싶었다. 물론 세월이 300년이나 흐르면 원래 있던 쓰러져 죽은 나무 그 자체도 다 썩어서 당연히 형태가 남아 있을 리 없다. 겉흙이 고르게 정리되어 예전에 쓰러져 죽은 거목의 부피를 말해주는 흔적은 그곳에 하나도 없었다. 어딘가 조금 아쉬웠다.

그러자 곧바로 "그건 별로 어렵지 않아요. 좀 더

찾아보면 반드시 보고 싶어 하는 나무가 나타날 겁니다"라고 나를 달랜다. 이윽고 "여기예요" 하는 신호가 왔다. 그것은 아직 줄기가 가늘고 연약한 어린 나무를 몸통 위에 빈틈없이 한가득 태운 명백한 쓰러져 죽은 나무였다. 온몸이 이끼로 뒤덮여 있었다. 지면에서 딱 다리 높이까지 오는 지름 길이가 나무줄기의 굵기를 보여준다. 굵기는 앞으로 갈수록 가늘어지는데 바로 옆에는 이 나무의 것으로 보이는 그루터기도 남아 있어서 쓰러져 죽은 나무 위에서 세대교체가 일어난다는 사실을 보여주었다. 조금씩 무참하다는 생각이 들었다. 죽음의 변화상을 말해주는 이전 세대 나무의 모습이었다. 불쌍함이고 뭐고 없는 삶의 모습이다. 조금 전에 봤던 세대교체가 청정하고 평온한 모습이라 한다면, 지금 보고 있는 세대교체는 참으로 현실적인 윤회 형태라 할 수 있을 듯싶다. 이것은 분명 확실한 증거였다. 내가 바라던 증거다. 하지만 이런 무참한 그림을 보려 한 건 아니었다. 왠지 눈을 돌려 피하고 싶기도 하지만, 그렇다고 도망치고 싶지도 않다.

쓰러진 나무 위로 자란 높이 30센티미터 정도 되

는 아직 어리디어린 나무를 시험 삼아 살짝 흔들어 보았다. 줄기는 손길을 따라 부드럽게 움직이지만, 뿌리는 의외로 단단하게 고정되어 있다. 가느다란 뿌리는 쓰러져 죽은 나무의 안쪽을 파고들어 껍질과 속살 사이로 촘촘한 그물을 펼쳐놓았고, 다소 굵은 뿌리는 바깥쪽을 타고 내려가는 형태를 띠고 있어서 얼른 지면에 도달하고 싶은 듯 보이는 자세다. 오로지 살겠다는 일념으로 용맹함을 숨기지 않았다. 죽은 나무 위에도 조심스레 손을 올려본다. 차갑고 축축하다. 전날부터 내린 비 때문인지 흠뻑 젖어 있다. 하지만 나무를 직접 만진 것은 아니다. 나무의 온몸을 이끼가 빈틈없이 뒤덮고 있다. 자연이 입혀준 수의(壽衣) 같다. 약간의 두려움을 애써 억누르며 양손 끝으로 이끼를 파본다. 이끼 아래도 축축하다. 약해져 부서진 다갈색 조각들이 손에 묻는다. 원래 나무의 껍질이다. 더 깊이 파본다. 그 아래는 좀 더 단단하다. 하지만 어디에 손톱을 세우느냐에 따라 쉽게 파낼 수 있는 부분도 있다. 부식 정도가 모두 다른 것 같다. 나무의 본성을 잃어가는 부분을 공략한다. 한동안의 씨름 끝에 세로 3센티미터 정도의 썩은 나무가 뜯겨 나왔다. 세로, 즉 뿌리에서 꼭대기 방향으로 뜯겨 나온 것이다. 손가락 사이로 보이는 나뭇조각은 거의 짓뭉개져서 나뭇조각이라고 할 수 없을 정도로 흐슬부슬했지만, 그래도 아직 나무는 가로결로 찢어지지 않는다는 본성을 간직하고 있었다.

나는 내 키보다 조금 더 큰 나무를 가리키며 다시 물었다.

"이 나무는 몇 살이에요?"

"열일곱이나 열여덟 살 정도일 거예요. 아니, 그보다 더 될지도 모르겠군요."

"어머나, 생각보다 나이가 많네요."

산사람은 대답 없이 허리춤의 손도끼를 쥐더니 그 옆에 있는 비슷한 크기의 나무를 아무렇게나 내리쳐서 베어냈다. 그러고는 잘린 면을 보여주며 "한번 세어보세요" 하며 미소 짓는다. 잘라낸 나무는 쓰러져 죽은 나무 위에서 벌어지는 생존경쟁에서 이미 낙오한 데다 도중에 부러져서 살아남기 어려운 상태였다. 튼튼한 다른 나무의 성장을 방해하는 나무는 베어내는 것이 삼림 보호 규칙 중 하나라고 한다. 나이테 간격이 무척 촘촘해서 내 눈으로 세어보기는 불가능했지만, 젊은이가 "역시 스물 몇 살 정도네요" 하고 세었다. 손도끼를 꺼낸 김에 쓰러져 죽은 나무도 조금 잘라달라고 했다. 날을 아주 살짝만 댔는데도 물이 튀었다. 두께 1.5센티미터, 길이 15센티미터 정도로 잘라낸 나무는 갈변했지만 나뭇조각 형태를 띠고 있다. 나는 다시 "이 나무는 죽은 지 얼마나 되었나요?"라고 묻는다.

"글쎄요, 새로 자란 나무 중에 가장 나이 많은 것이 마흔 살 정도라고 할 때, 씨앗이 떨어지기 전에 이미 이끼가 낀 상태여야 하니까…… 이런 식으로 직접 나이를 추정해볼래요? 숲속의 시간은 인간 세상의 시간과는 많이 다르잖아요" 하고 부드러운 어투로 담담하게 대답했다. 인간의 수명은 현재 늘었다 해도 60이나 70이다. 노목이 쓰러지면 바깥쪽은 빨리 썩겠지만 심까지 썩으려면 몇 년을 견뎌야 할까? 죽은 나무를 밟고 자라는 어린 나무도 쉰 살 정도로는 아직 미숙한 어린아이다. 숲은 시간이 천천히 흘러가는 것일까, 아니면 인간의 수명이 너무 짧은 것일까? 속이 타기도 했지만, 마음은 느긋해졌다.

이리저리 둘러보다 보니 차츰 주변이 눈에 익으면서, 세대교체를 보여주는 일렬로 줄지어 늘어선 나무들을 여기저기서 발견할 수 있었다.

쓰러져 죽은 나무와 비슷한 이치로, 부러지고 잘려나간 그루터기 위에서도 가문비나무가 자라고 있다. "저 나무가 세대교체의 전형적인 예지요" 하며 손가락으로 가리켰다. 경사면의 그루터기 위로 크고 굵은 나무 한 그루가 늠름하게 서 있었다. 바람에 쓰러져 죽은 나무의 그루터기일 거라고 했다. 땅 여기저기에 굵은 뿌리를 내리고 있어 얼핏 보기에도 무척 견고하게 서 있는 나무의 밑동 아래로 썩은 고목나무의 형태가 또렷이 남아 있었다. 말하자면 여기에 있는 현재의 이 나무는, 지금은 저 오래된 그루터기를 소중히 아끼고 가엾게 여기며 자신의 배 속에 보호하는 형상을 하고 있다. 비록 몇백 년 전에는 오래된 그루터기를 가차 없이 괴롭혀대며 자신의 양분으로 삼았을 테지만, 세월이 흐른 지금은 이 나무 덕분에 저 오래된 그루터기가 남아 있을 수 있는 것이다. 바로 조금 전, 생사윤회의 생생한 현장을 목격하고 나서 무언가 뒷맛 씁쓸하게 헤집어졌던 마음이 이 나무를 보니 맑은 물을 마신 것처럼 상쾌해졌다. 만져보았다. 이 나무도 축축이 젖어 있었다. 지금까지 만져본 그 어떤 나무보다도 차가웠다. 얼어붙을 정도로 차가워서 손끝이 빨개졌다. 오래된 그루터기도 흠뻑 젖어서 만지면 산산이 부서졌다. 만지는 사람이 아무도 없어서 지금까지 형태를 보존한 것 같았다.

크고 굵은 뿌리 사이로 얼핏 적갈색 빛이 보였다. 살펴봤지만 어두웠다. 그러나 보는 위치에 따라 언뜻 빛이 보였다. 어디선가 굴절되어 들어온 빛 같았다. 살짝 손을 넣어 더듬어보고 깜짝 놀랐다. 희미하지만 온기가 느껴졌기 때문이다. 분명 따뜻했다. 게다가 축축이 젖은 바깥쪽만 봤을 때는 전혀 상상하지 못할 정도로 그 안은 보송보송했다. 숲 전체가 젖어 있는데도 말이다. 고목의 중심부로 생각되는 부분은 새로 자란 나무의 뿌리 아래서 보송보송했고 온기를 품고 있었다. 손끝이 비에 젖어서 차가웠기 때문에 반대로 있을 리 없는 온기와 확실히 느껴지는 보송함을 민감하게 포착할 수 있었을 것이다. 따뜻한 손이었다면 감지하지 못했을 온기였다. 고목

23

이 온기를 품은 것일까, 아니면 새로 자란 나무가 한기를 막아주는 것일까. 저 오래된 나무는 그냥 죽어 있는 것이 아니었다. 그리고 새로 자란 나무도 그냥 살아 있는 것이 아니었다. 생사의 경계, 윤회의 무참함을 봤다고 해서 그렇게 집착할 필요는 없다. 죽음의 순간은 찰나다. 죽은 후에도 이처럼 온기를 품을 수 있다면 그걸로 괜찮다. 이 현장을 못 보고 지나치지 않아서 다행이었다. 이 온기를 남은 생의 선물이라 믿으며 살아가야겠다고 결심하자 눈이 촉촉해졌다. 나무란 이처럼 감정을 가지고 살아가는 존재다. 이다음에는 상당한 주의를 기울여야 나무가 숨긴 감정을 찾아낼 수 있을 것이란 생각도 들었다. 살짝 바람이 불자 가문비나무 틈새로 자란 활엽수가 노랗고 빨갛게 물든 나뭇잎을 흔들어대며 돌아가는 길을 장식해주었다.

가문비나무는 쓰러져 죽은 나무 위로, 일렬·일직선·한일자 형태로 자라난다. 여기서 숫자 '일(一)'은 무엇을 의미할까? 어떻게 생각하면 좋을까? 다양한 견해가 있을 것이다. 나는 잘 모르겠다. 하지만 이번 기회를 통해 딱 하나는 배웠다. 일본 홋카이도 후라

노의 숲속에서는 '가문비나무의 세대교체'가 일어나는데 가문비나무들은 한일자로 반듯하게 줄지어서 있다는 사실이다. 어떻게든 하나는 배워서 만족한다.

등꽃   藤

어떤 계기로 초목을 사랑하게 되었냐는 질문을 받
았다. 사랑하다니, 그렇게 확고한 감정은 아니다. 하
루하루의 일상 속에서 접하는 초목 덕분에 단지 마
음이 조금 윤택해진다는 그 정도의 감정이다. 오늘
아침 길에서 탐스러운 석류꽃을 봤다든가, 올해는
태풍 때문에 은행나무 단풍이 예쁘지 않을 거라든가
하는, 보고 들은 사소한 일들로 감정이 일고 어떨 때
는 그 감정이 2~3일씩 지속되어 여운이 남는 그런
일들뿐이다. 그런데 그와 같은 마음을 갖게 된 근원
은 어릴 적 세 가지 일에서 찾을 수 있을 것 같다.

첫 번째는 환경이었다. 살던 곳에 어느 정도 초목이 있었다. 두 번째는 가르침이다. 가르침이라는 표현이 다소 거창해 보이지만, 어쨌든 부모님이 가르쳐주었다. 세 번째는 나의 질투심이다. 질투를 계기로, 꽃과 나무의 모습이 시각을 자극하게 되었다.

살던 곳에 초목이 있었던 이유는 교외의 농촌에서 살았기 때문이다. 논과 밭에는 농작물이 있었고, 관개수로를 따라 잡목림이 우거져 있었으며, 정원수 농장 주위에는 임시로 심어놓은 나무도 있었다. 또 대체로 어느 집에나 푸른 식물이 자라고 있었다. 덕분에 아이들은 자연스레 초목과 친해질 수 있었다.

그런 환경이었던 데다 우리 집에서는 부모님이 우리가 자연과 친해질 수 있도록 남들보다 조금 더 많이 신경 써주었다. 우리 집은 3남매였는데 저마다 자신의 나무를 받았다. 불공평하지 않게 같은 종류의 나무를 한 그루씩, 이 나무는 누구의 것이라고 정한 뒤에 심었다. 그래서 귤나무도 세 그루, 감나무도 세 그루, 벚나무도 동백나무도 세 그루씩 있었고 저마다 주인도 정해져 있었다. 나무의 주인은 꽃이든 열매든 자기 마음대로 해도 되지만, 그 대신 해충이 생기지 않도록 주의하고, 비료를 뿌려주는 정원사에게 고개 숙여 감사 인사를 하라는 가르침을 받았다. 부지에 여유 공간이 있었기 때문에 그런 일도 가능했을 테지만 자식들이 꽃나무, 과일나무와 친해질 수 있도록 배려해줌으로써 관심을 갖게 했던 것 같다.

또 아버지는 무슨 나무의 잎인지 알아맞히게 했다. 아버지가 가져온 나뭇잎이 무슨 나무의 잎사귀인지 알아맞히는 놀이였다. 그 나뭇잎이 무슨 나무의 잎사귀인지 정확히 알려주려는 의도였을 것이다. 언니는 아주 잘 알아맞혔다. 바싹 마른 나뭇잎을 가져오든, 벌레가 집을 지어 통 모양으로 돌돌 말린 나뭇잎을 가져오든, 잎자루 양쪽에 잎이 깃털 모양으로 여러 장 달린 나뭇잎 중에서 한 장만 따오든 그 어떤 나뭇잎을 가져와도 쉽게 알아맞혔다. 아직 잎이 벌어지기 전의 돌돌 말린 새순만 보고도 딱 알아맞혔다. 나도 몇 개 정도는 알아맞힐 수 있었지만, 바싹 마른 나뭇잎을 보면 답을 대지 못했다. 그때 옆에서 언니가 간단히 알아맞혀 아버지를 기쁘게 했다. 나는 당연히 유쾌하지 않았다. 언니의 그 오만함이

얄밉고 분했다. 하지만 아무리 기를 써도 언니를 이길 수는 없었다. 그렇게 분하면 정신 차리고 외우려 노력해야 하는데, 어딘가 나사 풀린 듯한 성격 탓인지 도중에 애매하게 포기했다. 이 지점이 똑똑한 아이와 그렇지 못한 아이의 갈림길이었다.

아버지는 똑똑한 언니를 몹시 흡족해하며 이것저것 더 가르쳐주려고 했다. 언니는 아버지의 말을 이해하는 것 같았지만 나는 그렇지 못했다. 언니는 언제나 아버지와 함께 걸어갔지만 나는 늘 뒤에 남겨졌다. 하지만 별도리 없으니 홀로 뒤따라갔다. 질투가 낳은 쓸쓸함이 있었다. 한쪽은 선천적으로 총명하다는 타고난 소질이 있는 데다 가르쳐주는 사람을 흡족하게 하면서 자신도 즐겁고 화기애애한 상태에서 발전해간다. 그에 반해 다른 한쪽은 멍청하다는 부담이 있는 데다 가르쳐주는 사람을 한숨짓게 하면서 자신도 즐기지 못하고 질투를 맛본다. 그야말로 비극적인 전개다. 환경도 부모님의 가르침도 초목과 인연을 맺게 된 계기이기는 하지만, 언니를 향한 질투가 그 계기를 더욱 굳게 다져주었기 때문에 상당히 꺼림칙하다.

하지만 언니는 일찍 세상을 떴다. 나중에 아버지가 언니를 추억하며 "그 애한테는 식물학 공부를 시킬 생각이었는데……" 하고 종종 아쉬운 듯 푸념하는 모습을 볼 때면 역시 큰 기대를 품고 있었다는 사실을 알 수 있었고 그런 자식을 먼저 보낸 아버지가 가여웠다.

못나도 자식은 자식이다. 언니가 죽은 뒤에도 아버지는 나와 남동생에게 꽃 이야기, 나무 이야기를 해주었다. 교재는 눈앞에 잔뜩 널려 있었다. 무꽃은 하얗게 피어나지만, 며칠 사이에 꽃잎 끝이 연보랏빛이나 연홍빛으로 물든다. 귤꽃은 향기만 좋은 것이 아니다. 꽃을 갈라 밑을 핥아보면 그 밑에 아주 향기로운 꿀을 저장해놓았다는 사실을 알 수 있다. 살구꽃과 복사꽃은 무엇이 다르냐? 왜 다릅나무, 갯버들, 광나무라고 부르는지 아느냐? 연꽃은 필 때 소리가 난다고들 하는데 그 말이 참인지 거짓인지 시험해보지 않겠느냐? 이런 이야기를 들으면 그 말이 참인지 확인해보려는 데 정신이 팔려 일찍 일어났다. 내가 들은 바로는, 연꽃은 퐁 소리를 내며 피지는 않았다. 하지만 소리를 내기는 했다. 무언가 스칠 때 나는 듯한, 어긋날 때 나는 듯한 어렴풋한 소리를 들었다. 연꽃잎에는 살짝 무시무시해 보이는 세로줄 무늬가 있고 만져보면 꺼끌꺼끌하다. 꽃이 벌어질 때 줄무늬들끼리 서로 스치면서 꺼끌꺼끌해지는 걸까.

나는 아버지의 그런 지시가 아주 재미있었다. 끝이 연보랏빛으로 물든 무꽃에는 밭 구석과 같은 적막함이 있고, 등에 떼가 몰려드는 귤꽃에는 생기 넘치는 기운이 있다. 연꽃이나 달맞이꽃이 필 때는 숨죽인 채 넋을 잃고 바라봤다. 몸에 착 달라붙는 감동이다. 흥분이다. 어렸지만 그것이 숨바꼭질이나 줄넘기를 할 때의 재미와는 전혀 다른 성질의 감정임을 알고 있었다.

등꽃도 인상 깊었다. 대체로 나비 모양의 꽃은 화려하다. 더구나 꽃이 포도송이처럼 주렁주렁 피면 더욱 각별한 매력이 있다. 아이들이 이 꽃을 보고 그대로 지나칠 리 없다. 하지만 등꽃은 따기가 어려웠다. 강가의 수풀을 타고 자라난 등꽃은 위험해서 안 되고 야생에서 자라 그런지 꽃송이도 짧다. 정원에서 자란 등꽃은 송이도 길어서 아름답지만 마음대로 따서는 안 된다. 그래서 아이들은 빈집 처마나 황폐한 정원의 연못가에 피어난 등꽃 아래에서 놀았다. 나도 그곳에 가고 싶었다. 하지만 아버지는 엄격히 금했다. 그런 곳에 있는 등나무 덩굴시렁은 얼핏 멀쩡해 보여도 사실은 이미 다 썩은 경우가 많아서 갑작스러운 충격에 한꺼번에 무너져 내리기 때문에 위험하다고 했다. 특히 물 위를 지나는 덩굴시렁은 정원사조차 조심할 정도이니 어린아이는 절대로 혼자 덩굴시렁 근처에 가선 안 된다고 신신당부했다.

황폐하긴 했지만 지킴이도 두고 문을 잠가놓은 정원이 있었다. 내가 등꽃을 보러 가고 싶다고 졸라대자 아버지는 그 정원에 데려가주었다. 흔히 표주박 연못이라고 부르는, 가운데가 잘록 들어간 형태의 연못이었는데 잘록 들어간 곳에는 흙다리가 있었다. 그런데 연못이 상당히 크고 정원수가 우거져 있어 표주박이라기보다 연못이 두 개인 듯한 정취를 이루고 있었다. 등나무 덩굴시렁은 커다란 연못에 세 개, 작은 연못에 한 개가 있었는데 작은 연못의 등꽃이 한결 아름다웠다. 진보랏빛에 꽃이 크고 송이도 길었다. 덩굴시렁 앞쪽은 벌써 무너져 내려 그쪽의 꽃은 수면과 닿을 듯한 곳에 피어 있었다. 지금이 한창 만발할 시기인데 이미 그때를 지난 것일까. 꽃이 자꾸만 떨어졌다. 톡톡 소리를 내며 떨어졌다. 떨어지는 꽃잎이 수면 위에서 만들어내는 원이 물결을 일으키며 퍼져나가기도 하고 다른 원과 겹치면서 사라지기도 했다. 밝은 햇살이 쏟아지는 가운데, 잔잔하게 이는 물결에 반사되는 햇빛을 끊임없이 받고 있는 등꽃이 더없이 아름다웠다. 등에 떼가 꽃향기에 취해서 정신없이 어지럽게 날아다녔다. 날갯짓 소리가 높낮이 없이 일정해졌다. 잠시 서 있었더니 숨 막힐 듯 강렬한 꽃향기가 몰려왔다. 아무도 없고, 해와 꽃과 등에와 물뿐이었다. 등에가 날갯짓하는 소리와 꽃이 떨어지는 소리가 들리고 그 밖에는 아무 소리도 나지 않았다. '멍하니'라고 해야 할지, '넋을 잃고'라고 해야 할지 모르겠지만 아버지 옆에 말없이 우두커니 서 있었다. 포화(飽和)라는 말이 그런 상태를 가리키는 걸까 하고 나중에 생각해본 적 있다. 특별히 무슨 일이 있었던 것도 아니고 그저 등꽃을 보고 있었을 뿐인데 어째서 그토록 넋을 잃고 바라보게 된 것인지 이상하다.

그러나 훨씬 훗날에 아버지가 등꽃에 관해 쓴 수필을 읽고 깜짝 놀랐다. 등꽃은 가을에 피는 꽃이 아니어서 다행이다, 등에 소리는 천지의 활기를 말해준다, 이 꽃을 보면 내 마음은 하늘에도 닿지 않고 땅에도 닿지 않는 공중을 떠돌며, 생각을 하는 것도 아니고 하지 않는 것도 아닌 경계를 유람한다고 쓰여 있었다. 그때의 내 기분과 똑같았다. 하지만 이 글은 내가 태어나기 몇 년 전, 다시 말해 그 황폐한 정원에서 등꽃을 구경한 때로부터 13~14년 전에 아버지가 쓴 것이다. 그렇다면 아버지는 그 글을 쓴 1898년 이전에 어딘가에서 등꽃을 보고는 하늘에도 닿지 않고 땅에도 닿지 않는 공중을 떠도는 기분, 생각을 하는 것도 하지 않는 것도 아닌 묘한 들뜬 기분을 음미했다고 추측할 수 있다.

그런데 그때 아버지가 뭔가를 이야기했을 가능성에 대해 의심해본다. 나는 전혀 기억이 없고, 그저 내눈과 귀와 코에 관한 기억만 남아 있다. 아버지가 이전에 글로 쓴 것과 비슷한 내용을 그때 내게 들려줬고, 나는 그 이야기에 이끌려 꿈꾸는 듯한 기분에 사로잡혔다고는 생각하기 어렵다. 아버지도 나도 묵묵히 보고 있었을 것이다. 이심전심인 걸까? 아니면 아버지와 자식은 비슷한 감정과 감각을 갖는 걸까? 그도 아니면 등꽃이 그와 같은 뭔지 모를 수상한 분위기를 자아내는 것일까? 생각할 때마다 아련한 슬픔이 밀려든다.

●

1924년 도시로 이사 갔다. 그전까지는 어느 정도 풀과 나무가 있는 곳에 살았지만, 이번 이사로 싹이 움트는 것과 잎이 우거지는 것과의 인연은 끊어지고 말았다. 하지만 그래도 당시 도시에는 아직 지금보다는 부드러움이 느껴지는 집이 즐비했다. 셋집이라도 대문 있는 집이라면 현관 옆과 작은 정원 구석에 반드시 팔손이나무나 상록수 등이 형식적으로나마 심어져 있었다. 골목길 양쪽에 늘어선 대문이 없는 연립주택에서도 처마 밑에 녹색 식물을 키웠고, 부지런한 집에서는 조그마한 내닫이창 아래에 나팔꽃을 심어 나팔꽃이 벽을 타고 올라가게 해두었고, 그조차 불가능한 집은 여름에 시장에서 이끼나 넉줄고

사리를 사다가 차양에 매달아놓고 아쉬운 대로 초록 잎을 즐기는 사람이 꽤 많았다.

이사한 집에는 허울뿐인 조악한 대문이 달려 있었다. 현관 옆에는 하얀 홑겹의 꽃이 핀 동백나무가 한 그루, 거실 앞에는 홍가시나무가 한 그루, 구석에 모밀잣밤나무가 한 그루, 말라버린 개나리 한 단이 있을 뿐이었다.

차라리 한 그루도 없는 편이 낫지, 어중간하게 종류별로 한 그루씩 모두 세 그루인데 생기 없는 상태라면 거실에 앉아서 보더라도 눈을 편안하게 해주지 못한다. 가족들은 모두 전에 살던 집의 정원을 그리워했고, 초목에 대한 결핍 때문에 불만을 터뜨렸다. 그런데도 아버지는 나무를 사서 심을 생각은 없다고 했다. 정원에 흙을 쌓아놓긴 했지만 이전의 겉흙 위에 톱밥과 돌멩이를 쌓아놓은 상태라 나무를 심어도 시들 것이고, 시들어가는 나무를 참고 바라볼 정도로 자신의 신경은 모질지 못하다고 했다. 지당한 말이라는 생각에 가족 모두 더는 아무 말도 하지 않았다. 그리고 몇 년이 지났다.

그사이 누군가 파초를 가져오고, 비쭈기나무를 주

기도 하고, 등대꽃을 가져오기도 해서 정원은 모여 사는 다양한 식물들로 어쨌든 조금씩 초록빛이 늘어 갔다. 나는 결혼을 하면서 집을 나갔지만, 떠났다가 다시 돌아왔다. 딸과 함께였다. 아비 없는 자식이 된 손녀딸을 외할아버지는 가여워했다.

그 무렵 동네에는 자주 시장이 섰는데 사람들은 사지도 않을 거면서 정원수나 분재 가격을 곧잘 물어봤다. 아버지는 나에게 딸을 시장에 데려가라고 했다. 도시에서 자라는 아이에게 시장의 정원수를 보여주는 것도 초목에 관심을 갖게 해주는 한 방법이라고 했다. 휴대용 석유등 불빛 아래, 물을 뿌려놓은 가지와 잎이 아름다워서 나는 딸의 손을 잡아당겨 정원수 주인과 이야기를 했다. "그만큼 물어봤으면 솔직히 사가야 하는 거 아니오?"라는 소리를 듣고 딸은 내 손을 꽉 쥐더니 잡아당겼다.

봄에는 정원수 시장이 선다. 절 경내에 많은 상품을 들여놓은 제법 큰 시장이다. 아버지는 동전 지갑을 건네며 딸이 좋아하는 꽃이나 나무를 사주라고 했다. 땀이 배어 나올 듯한 쾌청한 오후였다. 딸이 갖고 싶다고 한 것은 등꽃 화분이었다. 시장에 있는 화초 중에서는 으뜸이었다. 화분 높이까지 포함해서 딱 내 키와 비슷했다. 노목으로, 꽃송이에 꽃봉오리가 잔뜩 달려 있었는데 내일이나 모레면 꽃이 필 것 같았다. 딸은 애초에 논외인 고급품을 천진하게 갖고 싶다고 한 것이다. 아직 어린 애라 당당하게 졸라대는데 가격을 물어보지 않아도 고가임을 알 수 있었다. 동전 지갑의 푼돈으로 살 수 있는 물건이 아니었다. 물론 나는 살 마음이 없어서 어린아이와 등나무는 어울리지 않는데 이상하다고 웃어넘기며 등꽃 화분 대신 빨간 화초는 어떠냐고 권했다. 아이는 그런 꽃은 전에도 산 적이 있다면서 거절하고는 작은 산초나무를 집었다. 으뜸가는 등꽃에서 단번에 대폭 하락한 산초나무였다. 갖고 싶은 나무를 사주지 않자 토라져서 일부러 밉살스레 값싼 나무를 고른 것은 아니었다. 딸은 뱅어포에 산초나무 잎사귀와 간장을 넣고 볶은 뱅어포볶음을 솔솔 뿌린 밥과 달걀말이 반찬을 곁들인 도시락을 아주 좋아했기 때문이다. 등꽃이 아닌 산초나무였지만 딸은 천진난만하게 기뻐했다. 나도 그걸로 충분하다고 믿었다.

하지만 저녁에 서재에서 나온 아버지는 바로 마

뜩잖아했다. 등꽃을 선택한 행동은 잘못된 것이 아니라고 한다. 시장에서 제일가는 꽃을 골랐다는 것은 꽃을 볼 줄 아는 정확한 눈을 갖고 있다는 뜻인데 왜 그 정확한 눈에 응해주지 않았느냐, 등꽃 화분은 당연히 사줬어야 했다고 했다. 그 말을 듣고도 나는 아직 깨닫지 못하고 그래도 등꽃은 터무니없이 비쌌다고 변명하자 아버지는 정색하며 화를 냈다. 좋아하는 풀이든 나무든 사주라고 한 사람은 자신이다, 그래서 일부러 지갑을 건네준 것이다, 아이는 등꽃을 골랐다, 그런데 왜 안 사준 것이냐, 돈이 부족하면 지갑을 통째로 계약금으로 걸면 끝날 일을 너는 아비가 한 말도 자식이 어렵게 내린 선택도 헛수고로 만들어놓고 태평하게 있으니 그 얼마나 천박한 심성이냐, 게다가 등꽃이 터무니없이 비싸다고 했는데 도대체 무엇을 기준으로 가치를 정하는 것이냐, 다소 값이 비싸다 해도 그 등꽃을 아이의 마음을 살찌울 거름으로 삼아줘야겠다는 생각은 왜 하지 못하는 것이냐, 등꽃을 계기로 어느 꽃이든 사랑하는 법을 가르쳐주면 그것은 아이의 일생에 마음의 여유가 될 것이고 여자 일생에 눈의 즐거움이 될 것이다, 만약 더 깊은 인연이 있다면 아이는 등꽃에서 담쟁이덩굴로, 담쟁이덩굴에서 단풍으로, 소나무에서 삼나무로 관심의 싹을 키워나갈 가능성도 있다, 그렇게 되면 그것은 이제 그 아이의 재산이 된 셈이다, 그 이상의 가치는 없다, 한창 아이를 키우는 부모라면 어떻게 하면 아이의 몸과 마음에 훌륭한 양분을 줄 수 있을지 그것만 생각하는 법이다. 금전을 먼저 들먹여 아이 마음의 영양을 생각하지 않는 처사에 기가 막혀 말도 안 나온다며 몹시 꾸중했다.

등나무 대신 사준 산초나무가 혼난 뒤의 감정을 더욱 서글프게 했다. 높이 45센티미터 정도의 빈약한 나무이지만 선명한 초록빛 잎사귀를 문지르면 강렬한 향기를 내뿜고, 씹으면 알싸한 맛이 입안에 퍼졌다. 날카로운 가시는 인정사정없이 찔렀다. 누구를 위해 사들인 나무였을까 하고 생각했다. 아버지에게 혼난 일은 가슴에 사무쳤지만 그렇다고 해서 그 후에 마음을 고쳐먹고 시장이 설 때마다 아이에게 꽃의 즐거움을 가르쳐주지는 않았다. 이래저래 흐지부지한 성격이다.

딸은 커갔다. 꽃을 봐도 예쁘다고만 하고 나무를

봐도 크다고만 할 뿐, 식물에 그 이상의 마음은 동하지 않는 듯했다. 식물을 가꿔 꽃을 피우는 일을 귀찮아하는 것 같다. 정원수의 마른 가지 하나를 자르는 일조차 싫어했다. 다른 쪽으로는 상냥한 마음을 지니고 있으면서도 한편으론 들개가 짓밟아 넘어뜨린 소국은 일으켜 세워줄 생각도 하지 않는 완고함이 있다. 초목을 사랑하지 않는 여자가 얼마나 재미없는데. 내 딸이지만 마음에 들지 않을 때도 있었다. 이야기도 해보고 설득도 해봤지만 딸은 요지부동이었다. 그때까지도 나는 당시 등꽃을 사주지 않아서 기회를 잃어버린 것 같다고 종종 후회하곤 했는데, 새삼스러운 말이지만 그 책임이 나에게 있다고 괴로워했다. 그러나 아무리 괴로워한들 이미 때는 늦었다.

해마다 사계절이 돌아온다. 싹이 트고 꽃이 피고 열매를 맺고 낙엽이 진다. 계절이 바뀔 때마다 마음이 아팠다. 하지만 그대로 딸은 시집을 갔다. 손주가 태어났을 때, 이 아이는 초목을 사랑하는 아이가 되게 해달라고 몰래 기도했다. 딸한테는 그렇게 못했지만 손주한테는 열심히 가르쳐주고 싶었다.

하지만 나의 계획은 완전히 어긋났다. 좋은 쪽으

41

로 말이다. 뜻밖에도 사위가 꽃을 좋아하고 나무를 키우려는 사람이었다. 흙을 고르고 씨를 뿌리며 기뻐했다. 자식이 태어나고 결혼 생활이 안정을 찾으면서 그 취미 혹은 마음이 간신히 형태를 이뤄 나타나기 시작했다. 뜻밖이었는데 더더욱 뜻밖인 점은 그런 남편을 따라서 딸도 꽃을 진지하게 바라보고 싹을 사랑스러워하게 되었다. 그제야 마음이 놓였다. 이제 손주도 걱정 없다.

그 무렵부터 자꾸만 한 번은 어딘가로 등꽃을 찾아가고 싶어졌다. 추억이기도 했고, 등꽃에게 사죄하고 싶었고, 다시 등꽃을 대면하고 싶었다.

올봄에 도쿄 근방에서 '옛 등나무'의 꽃을 보며 걸었다. 산과 들에서 자연 그대로 자란 등나무가 아니라, 인간이 기르고 보살피는 등나무다. 모두 화려한 꽃을 달고 있었다. 같은 가지에 달린 꽃이라도 꽃송이가 긴 것이 있는가 하면 짧은 것도 있었다. 빛깔도 일찍 핀 꽃은 색이 약간 바랬지만 한창때인 꽃은 짙은 보랏빛을 띠었다. 저마다 피는 시기가 다른 듯싶다. 꽃은 어느 꽃이나 피는 시기가 저마다 다른데, 정원이나 덩굴시렁에 피어난 등꽃이라고 하면 동시

에 피어난 꽃들이 하나의 장막처럼 드리운다고 오해
한다. 멀리서 보면 하나의 장막처럼 보여도 가까이
서 보면 아주 비슷하지만 제각각이었다. 긴 꽃송이
는 1미터가 넘고 우아하다. 짧은 꽃송이는 친구들끼
리 모여 떠들어대는 것처럼 흔들리는데 그 모습 또
한 아름답다. 등꽃 파도라는 말이 있는데 바람이 지
나가면 정말 파도가 이는 듯하다. 이 꽃에 '정서'라는
단어를 생각해보았다. 정원수 시장에서 아이의 눈이
포착한 것도 어쩌면 정서였을까. 돌아가신 아버지가
그때 불같이 화를 내며 천박하다고 호되게 나무란
이유도 그 꽃이 등꽃이라 그랬을까 추측해보다가도
'에이, 그건 아니다. 뭐든 나 좋을 대로 억지로 끼워
맞추면서 이해를 따지려는 행동이야말로 간사하다'
하고 생각을 바꿨다.

그런데 꽃보다 등나무 뿌리를 보고 놀랐다. 천 년
을 살아온 '옛 등나무'는 뿌리 둘레가 3미터를 훌쩍
넘는데 그 무시무시한 형태에 눈이 압도당했다. 서
로 꾸불꾸불 얽히고설켜 땅 위로 솟구치기도 하고
뻗어가기도 하는 뿌리를 보면서 강대한 힘을 느끼는
동시에 몹시 배배 꼬인 것, 고집불통, 복잡함, 추악함

과 괴상함을 느꼈다. 꽃은 한없이 부드럽고 아름답지만, 발밑은 보기도 무서워 이 뿌리를 보고 나서 꽃을 쳐다보면 꽃의 아름다움에 어찌할 바를 몰라 당황하고 만다. 그러나 옆을 떠나가지도 않았다. 무서운 존재의 짓누르는 힘 때문에 일행이 재촉할 때까지 나는 우뚝 서 있었다.

어떻게 생각해야 좋을지 지금도 잘 모르겠다. 다만 꽃에게 추억과 사죄를 마치고 온 것 같았다. 뿌리의 경우, 이번에 새로 대면했다는 인상이 강했다. 어쨌든 다음에 그 뿌리를 또다시 만나기는 어려울 거란 느낌이 들었다. 이번에는 산과 골짜기에서 자라는, 자연 속의 오래된 등나무, 어린 등나무의 꽃과 뿌리를 보여달라고 할 심산이다. 이런 생각을 하는 이유는, 다리를 놓을 때 쓰일 정도로 질기다는 등나무의 강력한 힘에 묶여 있기 때문일지도 모르겠다.

편백

8월의 편백나무는 기상이 높다. 멀리서 봐도 나무에 활기가 넘친다는 사실을 쉽게 알 수 있었다. 가까이서 보니 모든 편백나무가 의욕적으로 살고 있는 모습을 보여주었다.

만약 나무가 떠들기 시작한다면 바로 이때일 것같다는 생각이 들 만큼, 그곳의 편백나무는 적극적이고 왕성한 기운을 내뿜고 있었다. 더 높이 클 거다, 더 굵어질 거다 그렇게 말하는 듯한 의지를 느꼈다. 나무가 이런 식으로 기를 뿜어내는 존재란 사실을 처음 알았다. 나무의 생명력 혹은 생기, 정기란 바로 이것일까 싶었다. 영매(靈媒)라는 단어도 떠올랐다. 특별히 무섭다거나 두렵다는 의미는 아니지만, 오늘 본 나무의 모습은 평소의 모습과는 달라서 묘하게 기가 죽었다. 하지만 기가 죽었다는 사실을 일행 중 산림을 잘 아는 사람에게 자백할 마음은 없었다. 일행 가운데 나무엔 아무 관심도 없는 젊은 여성이 꾸밈없는 큰 목소리로 "정말이지, 상쾌한 곳이군요"라고 했다. 그 말 그대로였다. 우리는 중간에 나무가 없어 하늘이 보이는 길 위에 있었고, 막 정오가 지난 때라 뜨거운 햇볕을 고스란히 받고 있었는데 때마침 맞은편 울창한 숲에서 시원한 바람이 불어온 것이다. 여름의 발랄함과 유쾌함을 만끽하던 중이었다. 하지만 나는 잠시 망설였다. 지금까지 한 번도 본 적이 없는 나무의 새로운 면을 처음으로 마주했다는, 이해하기 어려운 부분이 있었기 때문이다.

작년 늦가을에도 이곳 편백나무를 보러 왔는데 그때부터 여름에 꼭 한 번 다시 와야겠다고 생각했다. 이런 사고방식은 집에서 살림하는 사람의 습관이 몸에 배면서 생겨난 것 같다. 젊었을 때 음식도 옷도 집도 최소한 1년 동안은 경험해봐야 알 수 있다고

통감한 그 기억이 몸에 배어 지금도 시시때때로 얼굴을 내미는 것이다. 편백나무처럼 언제 봐도 똑같은 모습을 하는 나무를 가을에 본 것만으로 만족하지 못하고 여름에 다시 볼 생각을 하게 된 연유는 식물을 꼼꼼히 살펴보려는 마음가짐 때문이 아니라 집안일을 통해 체득한 경험에서 비롯된다. 말하자면 조심성 같은 것이다. 1년은 겪어봐야 확실하다는 조심성이다. 그렇게 조심하길 잘했다고 생각한다. 여름의 편백나무 모습은 가을과는 딴판이었다. 여름의 편백나무는 어쨌든 조용하지는 않다. 소리를 내며 살아 있는 모습이다. 장난으로 청진기를 내 가슴에 댔을 때 몸속에서 두근두근 쿠웅쿠웅 하고 들려오는 상당히 충격적인 소리에 놀라 이게 바로 살아 있는 몸에서 내는 소리구나 싶어 새삼스럽지만 뭔가 믿음직스러운 한편, 왠지 무섭기도 한 아주 진지한 기분이 들었던 적이 있었다. 여름의 편백나무는 한눈에 봐도 살아가는 소음을 나무줄기 전체에 품고 있음이 확실했다. 게다가 태내의 소리뿐만 아니라 더 크게 자라야지, 더 굵어져야지 하는 의지까지 보여주었다. 이런 모습을 가을의 편백나무를 통해서 어찌 상상할 수 있겠는가.

가을의 편백나무는 평범했다. 목소리와 소리를 느끼게 하는 기색은 전혀 없었다. 조용하고 말이 없고 점잖았다. 점잖고 부드러워서 가깝게 느껴졌다. 거목은 아주 커서 저절로 위엄을 갖추고 있었지만 그런 거목조차 쉽게 친해질 수 있는 온화함을 보여주었다. 이번 여름의 이 의욕적인 나무를 보며 생각해 볼 때 가을의 편백나무가 평범한 이유는 휴식을 취하는 계절이었기 때문일지 모르겠다. 여름에 격렬한 생활을 마치고 축적해야 할 것은 벌써 충분히 쌓아둔 채 겨울을 맞이하기 전에 잠시 편안한 상태로 휴식을 취하고 있었음이 틀림없다. 단지 조용하고 말이 없는 것일 뿐이라면 그렇듯 쉽게 친해지지는 못하고 분명 냉담함을 느꼈을지도 모르겠다. 쉽게 친해질 수 있다고 여긴 이유는 나무가 휴식을 취하고 있었기 때문이다. 여름의 왕성함을 보면 가을의 평범함은 휴식이라는 사실이 분명해지고, 가을의 모습을 알고 있었기에 여름에 쿠웅쿠웅 하는 소리가 들릴 것만 같은 활력을 느꼈는지도 모르겠다. 활엽수는 앙상한 가지에 초록빛 싹을 틔우고, 꽃을 피우고, 열매를 맺고, 나뭇잎을 물들이고, 또다시 옷을 벗고 뼈를 보여준다. 활엽수는 이런저런 화려한 곡예를 보여주기 때문에 자연스레 계절마다 한 번씩 눈길을 줄 기회가 있지만, 침엽수는 그렇지 않다 보니 침엽수에게도 사계절이 있다는 사실은 그만 잊어버리고 한 번 보면 그걸로 다 안 듯이 생각한다. 나무가 일부러 속이는 것은 아니지만 상록수의 수수한 외관이 사람들로 하여금 속단하게 만든다고 봐도 된다. 그러고 보면 살림 경험도 그리 나쁘지 않은 듯싶다. 최소한 1년 동안은 직접 겪어봐야 무슨 말을 할 수 있다는 규칙이 편백나무에도 적용된다는 점은 의외였다.

나는 때때로 이 사람 저 사람에게 일본의 대표적인 나무 세 그루를 꼽아보라고 한다. 신칸센 옆자리에 앉은 사람, 슈퍼마켓 점원, 학생 등등. 그러면 대부분 이상하다는 듯 "나무요?" 하고는 잠시 생각한 뒤에 내놓은 답이 삼나무, 편백나무, 벚나무였다. 순서는 각각 다를 때도 있다. 그런데 답 중에 소나무는 없다. 노인들은 맨 처음에 바로 소나무라고 하는 경우가 많은 것 같다. 옛날에는 어릴 적부터 소나무, 대나무, 매화나무를 배웠고 학교에서도 일본은 소나무의 나라라고 배웠다. 비록 앙상하고 오래된 소나무라 할지라도 근처 어딘가에서 쉽게 소나무를 볼 수있었고, 자살 소나무로 불리며 아이들의 호기심을 자극하는 소나무도 있었다. 도자기, 칠기, 부채에 소나무를 그려 넣고 수건에 소나무 문양을 넣을 정도로 소나무는 친숙한 존재였다. 하지만 지금은 그 뿌리가 끊겼다. 영양실조에 걸린 소나무를 안타까워하지도 않고, 죽으려는 사람도 똑똑해져서 목매달 나뭇가지를 고르는 바보는 없다. 도자기에 들어가는 그림은 디즈니 동물 캐릭터로 바뀌고 부채는 네모난 에어컨이 대신하고 수건은 문양이 없는 수건으로 바뀌었는데 색깔이 빨강, 초록, 노랑 등 눈길을 확 사로잡는 원색이라서 소나무는 공격 한 번 못 해본 채 사라지고 말았다. 젊은이들이 소나무를 꼽지 않는 것도 무리가 아니다.

대신 젊은이들은 편백나무라고 대답한다. 편백나무는 대표적인 좋은 목재로 알려졌다고 한다. 목재로 알고 있다는 건 역시 주택난 시대, 주택 건설 시대를 반영하고 있는 것일까. 하지만 지금은 집을 지을 때도 전부 새로운 건축 자재를 사용하므로 편백나무로 집을 짓는다는 것은 꿈같은 일이기 때문에 내 추측은 틀릴 듯싶다. 그렇다면 언제, 어떤 이유로 젊은이들이 편백나무를 꼽는 걸까. 편백나무가 우수한 목재라는 사실은 분명하고 그 점은 오랫동안 전해오는 상식이니 그 사실이 젊은이들에게 자연스레 주입되었대도 이상하지 않다. 하지만 편백나무를 목재라고만 알고, 살아 있는 편백나무나 서 있는 편백나무, 가지와 잎이 달린 편백나무에는 아무런 관심도 보이지 않는다는 게 견딜 수 없이 쓸쓸했다. 목재로서의 가치를 국가대표로 인정해줄 거라면, 마찬가지로 그 나무가 목재로 쓰이기 이전의 살아 있는 모습에도 관심을 보여야 마땅하거늘 왜 관심을 갖지 않는 것인가. 왜 살아 있는 아름다움을, 숨결을 기억해주지 않는 것인가. 우리의 감수성은 이제 소멸해버린 걸까? 생명의 시를 읊으며 산과 들에서 살아가는 모습과 생애를 마치고 아름답고 튼튼한 목재가된 모습 둘 다 사랑스러워하는 마음을 젊은이들이가져주길 간절히 바란다.

오랫동안 우수한 목재만 다뤄오고 지금은 각국의 목재도 취급하는 목재업자에게 물어보니, 바로 질 좋은 편백나무는 세계 어느 나라에 보내도 결코 뒤지지 않는다고 했다. 특히 질과 아름다움이 빼어나다는 말을 시작으로 강도가 높다, 온기에 강하다, 부식되지 않는다, 나뭇결이 곧고 아름답다, 향기가 있다, 빛깔과 광택이 은은하다고 한다. 내가 "장점밖에 없군요?"라고 하자 그 사람은 "맞아요" 하며 웃는다.

편백나무의 껍질은 희고 광택이 있다, 하얗게 빛나는 물체는 햇빛을 받으면 눈을 자극하지만 편백나무의 흰색은 눈을 자극하지 않는다, 격조 높은 흰색이라 할 수 있고 특징적인 광택이라 할 수 있다, 더할 나위 없이 빼어난 풍취가 있다고 했다. 가진 사람이 더 받을 것이라는 성경 구절(「마가복음」 4:24~25)을 나도 모르게 떠올렸다. 장점을 많이 가지고 태어난 나무였다. 사실 비전문가라도 막 깎아낸 판자 한 장을 보면, 설사 질 좋은 판자가 아니라 해도 한눈에 곧은 결, 으스대지 않는 시원시원함과 튀지 않는 은은한 빛깔과 상쾌한 향기를 통해 과연 나쁜 구석이라곤 도무지 없다는 사실을 알 수 있다. 편백나무는 대패질하고 남은 톱밥조차 손에 들고 버리기 아깝다는 눈으로 볼 때가 있다는 이야기를 어느 목수에게 들은 적이 있다. 일본은 자원이 적은 나라라고 하는데 이렇게 우수한 나무가 있는 점은 자랑스럽다.

그러나 너무 우수하면 내가 쓸쓸해진다. 천박한 마음은 좋은 것, 아름다운 것, 훌륭한 것 앞에 서면 한시도 버티지 못하고 감탄사만 내뱉으며 깊이 감동한다. 거의 무조건 곧바로 감동한다. 민감하다고 할 수 있고, 근사한 것에 약하다고도 할 수 있다. 거기까지는 괜찮지만 그 이후가 문제다. 자신의 꼴사나움을 생각하고는 마음이 점점 시들해져서 자신은 이런 근사한 것과는 거리가 먼 존재라 여기며 인연이 없다고 생각한다. 감탄사를 내뱉으며 감동했다는 말은 사실 그 시점에서 끈끈한 인연이 생겼다는 뜻인데 그렇게 생각하지는 않고, 반대로 인연이 끊어졌다고 착각해 결국 몸을 사림으로써 근사한 것과의 인연을 거부한다. 나도 이런 천박한 마음을 상당 부분 짊어지고 있기에 편백나무에 편중된 우수한 점을 알고 감탄하는 동시에 점점 마음이 시들해지더니 결국 "편백나무가 그렇게나 빼어난가요? 사람도 결점

없는 사람은 없다고들 하는데 편백나무는 정말 결점이 하나도 없나요?" 하고 가느다란 목소리로, 하지만 마음속에서 조금 반발심도 일어 물어봤다. 천박한 마음이란 바로 이런 거라고 늘 생각한다. 좋은 인연을 맺게 되었을 때 그 인연을 기뻐하며 쭉 유지하지 못하고, 조금 전까지 감동하며 기뻐하다가 잠시 후에는 아무 이유 없이 반발하고 반항하고 싶어지는 그런 마음 말이다. 천박하다란 부족하다, 가난하다, 탐하다, 열등하다 등을 뜻하는 말인데 천박한 마음속에는 종종 질투가 함께 산다. 편백나무에게 반항하고 싶어지는 이유도 어느 틈에 질투가 작용하기 때문일지도 모르겠다. 상대방은 편백나무도 천차만별이라 같은 장소에서 비슷비슷하게 살아왔어도 우수한 나무는 적고 결점이 있는 열등한 나무도 많다고 가볍게 응수하며 바로 눈앞에 있는 노목 두 그루를 가리켰다.

수령 300년 정도로 추정된다는 두 나무는 마치 형제처럼 바싹 붙은 채 우뚝 솟아 있었다. 한 그루는 곧게 뻗어 있고 다른 한 그루는 약간 기울어져 있는데 자연의 그림이라고 할까, 넋을 잃고 바라보게 만드는 풍취가 있었다. 땅속 깊숙이 뿌리를 내리고 우뚝 솟은 두 나무 모두 밑동이 굵어 더없이 견고해 보였다. 수백 년이라는 나무의 수명을 의심할 수 없는 견고함이 나무에 나타나 있었다. 물론 나무는 원통 모양을 유지하며 쑥쑥 성장해서 밑가지가 없고, 편백나무 특유의 나무껍질은 습기를 빨아들여 축축이 젖어 있었다. 편백나무에도 우열이 존재한다는 이야기를 하면서 왜 이 두 나무를 지목했는지 알 수 없었다. 수령이며 수세(樹勢)며 모양이며 어디 하나 나무랄 데 없어 보였다.

곧게 뻗은 나무는 나무랄 데 없다고 했다. 그러나 비스듬히 서 있는 나무는 고마운 마음으로 잘 쓰기는 어렵다고 했다. 그 말뜻을 이해하기 어려웠다.

"이렇게 크고 굵은 나무가 자기 무게를 지탱하기 위해 똑바로 서 있는 경우와 비스듬히 서 있는 경우 중 어느 쪽이 더 편할지 생각해보면 곧바로 알 수 있지요. 비스듬히 서 있는 나무는 더 많이 애를 써야 할 겁니다. 당연히 몸 어딘가에 무리가 갈 테고, 그것은 당연히 본래 똑바로 자라야 할 나무의 성질을 어딘가에서 변형시키고 있다는 뜻이지요. 자세히 보세요. 비스듬히 서 있는 나무의 껍질에는 뒤틀림이 있지요. 보기에는 아주 살짝, 말하자면 멋있어 보일 정도로만 기울었는데 안타깝게도 그게 이 노목을 상하게 하고 있어요. 아깝지만 이 나무는 가공해도 좋은 목재를 얻지 못할 겁니다. 편백나무에도 우열이 존재해요."

한시에 한곳에서 나고 자라 무사히 몇백 년을 살아왔는데 한쪽은 운 좋게 무럭무럭 자라 우수한 나무가 되었고, 다른 한쪽은 고난 속에서도 고통을 감내하고 하등급을 감수해야 한다. 씨앗이 떨어진 원래 위치가 나빴던 걸까? 그 뒤에 땅에 미묘한 변화라도 생긴 걸까? 눈이나 바람의 영향을 받았던 걸까? 행운과 불행이 두 나무 사이의 2미터도 안 되는 거리를 경계로 갈렸다. 비스듬히 서 있는 나무가 너무 불쌍해서 그 굵은 뿌리 쪽으로 눈이 갔다.

"비스듬히 서 있는 나무는 형일까요? 동생으로 보이나요? 형제든 친구든 한때 이 두 나무는 경쟁했을 겁니다. 그러다가 어떤 이유로 한쪽이 공간을 양보하게 되었고 그 상태로 지금에 이르렀을 겁니다. 똑바로 서 있는 나무를 감싸주고 있는 것처럼 보이는

데 참 불쌍하죠? 서로 이웃해 자라는 나무에게서 이런 일들이 자주 일어납니다."

평생 한쪽으로 기운 채 살아갈 편백나무의 높은 우듬지에 무성하게 달린 가느다란 잎이 바람에 살랑살랑 흔들렸다. 그 작은 흔들림에도 기울어진 구간 어딘가는 인내를 요구받고 균형을 잡으려 애쓰고 있을 것이다. 나무는 말을 하지 않고 살아간다. 몸이 기울어도 아무 말 하지 않는다. 대단하다고 생각했다. 하지만 안타까웠다.

•

인간에게 저마다의 이력이 있듯이 나무에도 저마다의 이력이 있다. 나무는 몸에 자신의 이력을 표시해서 보여준다. 몇 살인지, 별 근심 없이 오늘날까지 살아왔는지, 아니면 고통을 견디며 인내해왔는지, 행복하다면 행복했던 이유가 있을 터이고 고통을 겪었다면 몇 살 때, 몇 번, 어떤 종류의 장애를 만났는지 등을 자신의 몸에 전부 기록한다. 또한 그 나무 주변의 사물이 그러한 사실을 뒷받침해준다고 함께

간 관계자가 가르쳐주었다.

　서로 가까이 붙어 자라는 두 나무 중에 한쪽은 똑바로 서 있고 다른 한쪽은 비스듬히 서 있는 모습을 보며, 둘이 한때는 서로 돕기도 하고 경쟁도 했다고 추정하는 근거는 나무의 몸에 적힌 이력을 바탕으로 해석할 수 있다고 한다. 두 나무가 아직 어리고 약했을 때는 서로가 존재하기에 눈도 바람도 쉽게 견뎌낼 수 있었을 것이다. 만약 혼자였다면 부러졌겠지만 둘이었기 때문에 서로에게 견뎌낼 힘이 되어주었을 것이다. 혼자보다는 둘이 강하다. 하지만 이후 성장하는 동안 각자 몸에 힘이 붙었고 그때 둘은 경쟁할 수밖에 없었을 것이다. 어느 세계든 힘이 비슷한 이들이 함께 있으면 자연스레 경쟁이 시작된다. 힘이 넘치는 젊은 두 나무는 어릴 적에 서로 도왔든 말든 이젠 경쟁자로서 치열한 성장 다툼을 벌였을 것이다. 하지만 이때까지는 두 나무 모두 똑바로 서 있었을 것이다. 얼마 지나지 않아 둘 사이에 차이가 발생한다. 근소한 차이라도 먼저 자란 쪽의 승리다. 햇빛을 충분히 받으며 공간을 마음대로 활용할 수 있는 승자는 그 기세를 몰아 가지와 잎을 마음껏 키워내는데, 이는 경쟁했던 나무에게 압박으로 작용한다. 패배한 나무는 일조량이 부족한 데다 위로 뻗어나가려 해도 장애물에 가로막혀 성장이 위축된다. 그런데 만약 주위에 또래나 더 큰 나무들이 무럭무럭 자라고 있었다면 성장이 가로막힌 나무도 불만스럽긴 하지만 이인자로 만족하며 한쪽으로 기울어지지 않고 곧게 뻗은 모습을 유지한 채 살아갔을지도 모른다. 옆으로 기울 수 있는 여유 공간이 없기 때문에 별수 없이 위를 향해 똑바로 자랐을 것이다.

그러나 이 시점에 주변에 변화가 일어났다. 어떤 변화였는지는 모르겠다. 바로 옆에 있던 노목이 수명이 다해 쓰러졌을까? 사람들이 벌목 작업을 벌였을까? 아니면 장대비나 눈이 녹아 물이 흐르는 바람에 흙이 움직였을까? 어쨌든 어떤 이유 때문에 바로 옆에 있던 나무 몇 그루가 목숨을 잃었고, 그곳에 생각지도 못한 빈 공간이 생겼다고 본다.

"보세요. 그 증거로, 주위 상태와 비교할 때 이 나무 주변에만 왠지 이상하게 빈틈이 있는 것 같지 않나요? 나무의 이력과 주위 정황을 종합해보면 그런 결론이 나옵니다."

햇빛을 받지 못하던 나무가 이 기회를 놓칠 리 없다. 이인자로서 위로 곧게 자라나는 것보다 햇빛과 공간을 쟁취하려고 한쪽으로 기우는 게 당연하다. 결국 나무는 이때 영구적 후유증을 갖게 된다. 나무의 이력에 관한 이런 해석을 듣자, 나무가 살아가는 고통과 인간이 살아가는 고통이 너무 닮아 있어 자꾸 친근감이 들었다. 정신을 차리고 보니 번뇌의 기록을 새긴 나무는 여기저기 있었다. 혹을 안고 있는 나무, 뒤틀린 나무, 굽은 나무, 본래 줄기가 부러져 중간에 있는 곁가지가 줄기 대신 자란 나무, 밑동은 하나인데 3미터 정도 올라간 곳에서 두 갈래로 갈라진 나무, 두 그루가 딱 달라붙어 한 그루처럼 보이는 나무 등등 변형된 부분이 있는 나무가 드물지 않게 눈에 띄었다. 게다가 뒤틀리고 굽은 부분은 외형뿐만 아니라 나무 안쪽의 조직도 변형되어 고집불통처럼 심하게 변질된 탓에 톱으로 자르면 완강히 저항하다 결국 톱질하는 중에 심하게 휘거나 갈라지는 경우도 있다고 한다. 그런 부분은 아무짝에도 쓸모없는 성가신 부분이라고 한다. 좋지 않은 것, 나쁜 것으로서 최저 등급에도 들지 못하는 등급 외의 목재로 여긴다는 소리로 들렸다.

"어째서죠? 굽고 뒤틀렸다는 건 말하자면 힘이 있다는 뜻이잖아요? 그 힘 때문에 나무가 부러지거나 쓰러지지 않고 살아올 수 있었던 거잖아요?"

"맞아요. 나무가 살아 있을 때는 그렇죠. 하지만 나무를 잘라서 목재로 가공할 때는 이도 저도 못 하는 최악의 결함입니다."

"그렇게까지 폄훼할 필요는 없잖아요? 극심한 고통을 참으며 버텼는데 성가시다느니 쓸모없다느니 왜 그렇게 차갑게 말하는 거예요? 나무의 처지에서 생각해보세요. 서럽고 분해서 눈물이 날 거예요."

"이거 참, 별 희한한 소릴 다 듣네요. 이 지역 사람들은 주로 임업이나 제재업에 종사하니까 다들 나무에 큰 관심을 갖고 있는데 굽은 나무를 나쁘다 했다고 혼이 난 일은 처음입니다. 암튼 그런 나무는 기피 대상이라 불쌍히 여기는 사람은 없어요."

아무래도 내 감상이 받아들여지지 않는 듯, 이야기를 하면 할수록 상대방은 놀란 표정을 지었다. 요컨대 그런 나무는 그다지 좋은 것은 아닌 듯싶었다. 하지만 나는 어떻게 나쁜지, 어떻게 안 좋은지 직접 확인해봐야 수긍이 갈 것 같았다. 그래서 어떤 식으로 아무짝에도 쓸모없는 성가신 존재인지 보여달라고 부탁했다. 놀란 표정이 질린 표정으로 바뀌고 곤란한 얼굴로 바뀌더니 웃는 낯으로 바뀌었다.

"그런 부탁이야 어려운 일도 아니니 못 들어줄 것도 없지만 그런 부탁은 또 처음 받아보네요."

가슴속이 굽은 나무에 대한 슬픔으로 가득 차오르는 걸 느끼면서 숲길을 걸었다. 굽은 나무만 눈에 띄었다. 그중에서 무사태평해 보이는 나무는 하나도 없었다. 수령 100년, 200년을 살아온 나무 한 그루의 무게는 얼마나 무거울까. 장작 하나의 무게도 상당하다. 한 다발 들라치면 끙끙거려야 한다. 더군다나 뿌리를 내리고 서 있는 나무의 무게다. 대략 짐작하기도 어렵지만 측은한 마음으로 굽은 나무를 바라보면 모두 추한 꼴을 드러낸 채 가혹한 무게를 견디고 있는 듯했다. 볼수록 눈이 아파오던 그때, 조금만 더 가면 거목으로 이름난 수려한 나무가 있다는 말을 들었다.

거목과 엘리트 나무가 같은지 다른지는 모르겠지만, 거목은 정말 엘리트라 부를 만하다고 생각했다.

그 나무 혼자만 수려하다고 해서 엘리트가 되는 것은 아니다. 주위에 성질 좋은 나무들, 이를테면 수행원 같은 나무들이 모여 있어야 한다고 들었다. 물론 엘리트의 조건으로 수령, 나무가 무성하게 자라는 기세, 그 밖에 이런저런 항목이 있긴 하지만, 수행원 또는 친위대를 거느리고 있어야 하는 점도 엘리트 자격에 포함되는 듯싶다. 그 거목은 수려하기로 이름난 만큼 다른 나무보다 한층 더 눈에 띄었지만, 주위의 나무들도 하나같이 줄기가 곧고 키가 커서 우수한 나무만 골라다가 거목 주위에 심어놓은 것 같았다. 굽은 나무의 뒤틀린 모습에 아린 마음을 품던 내 눈에 비친 이 광경은 더없이 느긋해 보였다. 나도 모르게, 곧게 뻗은 나무는 역시 시원시원하다는 말이 나왔다. 굽은 나무는 마음을 쥐어짜는 것 같지만 엘리트 나무는 마음을 부드럽게 해준다.

엘리트 나무보다 더 기분 좋게 해주는 숲도 있다고 한다. 골짜기 저편에 보이는 숲이었다. 왠지 방금 보고 온 거목의 잔상이 남아 있어 별다른 감흥 없이 멍하니 쳐다봤다. 골짜기 너머라 멀기도 해서 풍경이 지극히 평범해 보였다. 하지만 그곳의 나무는 전부 줄기가 곧았다. 사선으로 기운 나무가 없었다. 멀리서 볼 때 특히 수직선 사이에 사선이 섞여 있으면 눈에 확 띄기 마련인데 사선이 없었다. 그래서 예의 바르게 보이는 듯하다. 설마 그게 장점일 리는 없을 텐데 하는 생각을 하던 중에 깨달았다. 바른 사람은 점잖지만 종종 활력이 없는 경우가 많다. 그런데 이 숲은 달랐다.

"이 숲은 활력이 넘쳐요. 노년층, 중장년층, 청소년 층, 유아층 등 모든 연령층의 나무가 이 숲에서는 모두 활력이 넘쳐요. 장래의 희망을 기대할 수 있는 이런 숲이 바로 우리가 가장 흐뭇하게 바라보는 숲이에요."

모든 연령층이 모여 있고 일제히 활력에 넘치는 것이 곧 장래성 있는 번영이라는 말이다. 좁아지는 길을 걸어 다다른 강에는 잔교가 놓여 있었다. 굵지 않은 통나무를 껍질째 옆으로 늘어놓은 다리였다. 연결된 통나무 틈새로 편백나무 새싹이 선명하게 보였다. 1센티미터도 안 되는, 겨우 몇 밀리미터 정도로 보이는 작디작은 연둣빛 어린잎이 올라와 있었다. 그건 200년을 살아온 나무의 출발을 보여주는 모습일 테지만 믿을 수 없이 연약해 보였다. 그러나 방금 보고 온 번영의 숲에서 느낀 기쁨도 틀림없이 본래 이 사랑스러운 연약함에서 출발했을 것이다. 쓰레기처럼 보이는, 편백나무의 자손은 엘리트 나무에게도 굽은 나무에게도 없는 애처로움을 가지고 있었다. 빨리 자라라고 기도하게 만드는 강력한 애처로움이었다.

●

우격다짐하듯이 부탁하고 매달린 끝에 결국 특별히 굽은 나무를 켜주겠다는 승낙을 얻어냈다. 억지 승낙을 받아낸 것이다.

요새 툭하면 내 주장을 관철하고자 고집을 부리는 일이 많아졌다. 이제 시간이 얼마 남지 않았다는 생각에 오늘의 기회를 놓치지 않으려고 성급하게 쫓아간다. 다음 기회를 기약하던 지금까지의 여유는 사라져버렸다. 사실 고집을 부려 죄송하다는 마음이 들 때가 종종 있다. 하지만 이번이 아니면 굽은 나무가 구체적으로 어떻게 나쁘고, 어떻게 성가신

지 직접 볼 기회가 두 번 다시는 없을 것 같았다. 설령 내년에 또 한 번의 기회가 있다손 치더라도 그 1년 사이에 나는 더 늙을 테고, 그 때문에 굽은 나무의 업보를 확인해보려는 기력을 잃어버릴지도 모를 일이다. 우격다짐으로라도 승낙을 받아낼 수밖에 없었다.

하지만 굽은 나무가 보이지 않았다. 관찰하기에 적당한 나무를 찾을 동안 집에 가서 연락을 기다리라고 했다. 기왕이면 성깔 고약한 놈을 골라 제대로 보여줘야 이런 특별 주문에 응한 보람이 있다고 했다. 무리한 부탁이 귀찮은 나머지 화나서 하는 소리가 아니었다. 굽은 나무가 불쌍해서 그 나무의 업보를 밝혀내려는 나의 심정을 산사람은 깊이 이해해주었다.

"나무를 목재로만 생각해서 지금까지 굽은 나무에 대해서는 신경 써본 적이 없어요. 그런데 이야길 듣고 보니 나무도 인간도 살아가는 모습은 비슷한 것 같네요. 굽은 나무가 불쌍하다는 이야길 들었을 땐 남 일 같지 않게 딱하다는 생각도 들고……. 나도 평탄하게 살아온 건 아니라서요."

이 한마디를 듣고 집에 가서 기다리라는 말을 의심하지 않았다. 이 사람은 꼭 약속을 지킬 거라고 믿었다.

예상대로 기다림에 지치기 전에 연락을 받았다. 제재소에서 목재를 가공할 때 나는 특유의 채앵 하는 날카로운 소음이 작업장 담장 너머까지 삐져나왔다. 음계가 상당히 높아 음색에 위태로운 긴장이 감돈다. 간헐적으로 들려오는 소리에 두려움을 느꼈다. 나도 모르게 주위를 둘러보니, 맨드라미가 새빨갛게 불타오르고 코스모스가 아련하게 흔들리며 벚나무 단풍잎이 떨어지고 있었다. 그리고 주변은 어두운 침엽수림이 급경사를 이루면서 솟아 있었다. 오후의 새빨간 태양이 화려하고 평온한 아름다운 가을 풍경이었다. 하지만 그 햇빛에는 온도가 없어서 마치 거짓말처럼 그저 새빨갛기만 했다. 등줄기부터 오싹 얼어붙더니 코끝에서 아무런 감각 없이 콧물이 흐르는데 마직 손수건이 따가웠다. 목재를 만들 때 나는 음향, 평화로운 풍경, 매서운 추위가 도시인에게는 인상 깊게 다가왔다.

나무는 이미 껍질이 제거된 채 실내로 옮겨져 제재 데크에 싣기만 하면 되었다. 200년 넘게 살아온 나무이니 한번 나이테를 세어보라는 말을 들었지만, 안경에 김이 서리는 데다 날이 추워서 가만히 나이테를 세고 있기가 힘들었다. 다만 나무 중심부가 의외로 한쪽으로 치우쳐 있는 것을 보았다. 굽은 나무라는 증표다. 이 나무는 뿌리 부근에서 첫 번째 고통을 참고 견뎌냈으리라. 하지만 외관상 확연한 차이를 보여주는 옹이나 구멍은 없었고 한쪽으로 치우친 중심부가 줄기에 굽이를 만드는 데 얼마나 영향을 끼쳤는지는 겉으로 봐선 도저히 알 수 없었다. 비틀림이나 뒤틀림으로 보이는 결함은 없었다. 나무는 매끄러운 맨살을 보여주며 조용히 옆으로 누워 있었다. 정말로 몸속에 사람들이 말하는 '구제 불능의 나쁜 성깔'이 있는지 의심스러웠다.

다시 말해 굽은 나무는 남들이 한눈에 알아챌 수 없는, 묘하게 복잡한 고생을 겪으며 살아왔다는 말일까. 즉 나무란 겉모습을 아무렇지 않게 고쳐갈 수 있는 존재라는 것이고, 동시에 나무는 한번 상처를 입으면 평생 그 상처의 고통을 몸속에 품은 채 살아간다는 것이 된다. 나무는 성장이 중심부가 아니라, 항상 바깥쪽에서 바깥쪽으로 새로운 나이테를 만들어가며 이루어진다는 사실을 배운 곳도 여기다. 바깥쪽에서 바깥쪽으로 새로운 나이테를 만들어가기 때문에 상처도, 그 상처가 일으킨 변형도 세월과 함께 안쪽 깊숙이 감싸안는다. 감싸안는다는 말은 따뜻한 정을 내포하는 표현이다. 알맹이를 보살피고 보호하고 외부의 재난을 막아주는 역할을 겸하는 행위가 바로 감싸안는다는 말이다. 생물은 인간도 새도 짐승도 모두 그 상처를 감싸안아야 할 필요가 있다. 나무도 당연히 그렇게 한다. 감싸안고, 보호해주고, 변형을 보완해주고, 되도록 상처 없는 나무와 마찬가지로 줄기를 원통형으로 만들어가려 한다. 굽은 나무가 비전문가의 눈에 얼핏 매끈한 피부를 보여주고 우수한 목재와 비교해 눈에 띄는 차이가 없어 보이는 이유는 사람을 속이려는 것이 아니라 어쩔 수 없는 자연의 이치에 따른 것으로 여겨진다.

"그럼 잘라볼까요." 어느새 작업 소리가 딱 멈췄다. 오늘의 공장 일정을 일시 중단하고 굽은 나무를 잘라서 보여주었다. 간단히 말해, 제재 작업은 나무를 가운데 놓고 두 개의 데크가 만나면서 이루어진다. 하나는 고정된 데크인데, 동력으로 회전하는 톱이 달려 있다. 다른 하나는 앞뒤 양쪽으로 이동 가능한 데크다. 여기에는 작업자가 올라간다. 재단을 위한 치수는 미리 정해져 있기 때문에 나무를 치수에 따른 위치에 놓고 톱 앞으로 가져간다. 나무는 동력에 의해 앞쪽으로 밀려나가는 식이고, 정해진 방법에 따라 절단된다. 그리고 대기 중인 다른 작업자들이 절단된 나무를 정리하는 방식으로 진행된다.

세 명의 작업자가 이동 데크로 가서 각자의 위치에 섰다. 기다란 쇠꼬챙이를 들고 있었다. 작업할 때 그 쇠꼬챙이를 사용한다고 했다. 만약 작업 중인 목재가 심하게 휘는 일이 발생하면 위험하다, 그때 맨손으로는 방법이 없다, 게다가 굽은 나무는 갈라지기도 하고 갈라져 튀기도 하기 때문에 그런 때를 대비해 들고 있다고 했다.

이윽고 전원이 켜지고 목재는 앞으로 나아갔다. 나무 지름의 7 대 3 지점에 첫 번째 톱날이 닿자마자 채앵 하는 새된 소리가 나더니 첫 번째 절단 작업이 맥없이 끝났다. 휘거나 뒤틀린 부분은 없었다. 예고

하던 굽은 나무의 폭주는 없었다. 그런 와중에도 목재와 이동 데크를 원래 위치로 되돌려놓았다. 방금 자른 단면을 작업반장이 검사한다. 나뭇결은 처음에 예상한 대로였다. 그래서 계획 변경 없이 곧장 두꺼운 판자를 만드는 작업으로 넘어갔다. 이 작업도 별 문제 없이 끝났다. 하지만 이제 이쪽 면으로는 판자를 더 이상 만들지 못한다, 한계다, 지금 이 판자도 짧게 잘라내야 팔 수 있다, 머지않아 휘어질 나쁜 부분을 잘라내어 작은 직사각형 형태로 다시 자르는 방법밖에 없다고 작업반장이 말했다.

다른 쪽 면으로 돌려서 다시 판자를 만들었다. 이렇게 굵은 나무를 그대로 기둥 세우는 데 쓰지 않고 잘라서 판자로만 만드는 거냐고 물어봤다. 그러자 기둥으로 쓰는 건 꿈도 못 꾼다, 판자로 만드는 이유는 조금이라도 쓸모 있게 하기 위해서다, 아무튼 지켜보고 있어라, 이제 굽이를 자를 거다, 잘 봐라, 쓸 만한 데는 다 쓴 것 같다고 했다. 중간까지는 제대로 잘렸는데 그 이후부터 갑자기 뒤틀렸다. 잘리면서 점점 더 휘었다. 더는 못 참겠다는 듯 급격히 휘어갔다. 중간부터 갑자기 휘기 시작했기에 당연히 판자

앞부분은 그 영향으로 흔들렸고, 그 바람에 컨베이어 밖으로 30센티미터 정도 밀려나갔다. 이 일은 모두 깜짝 놀라 보고 있는 사이에 일어났다.

"이제 알았지요? 굽은 나무는 이래요. 그래서 성깔이 나쁜 겁니다."

이 판자를 도와줄 방법은 없느냐, 이제 막 휜 거니 반듯이 펼 수 있지 않느냐며 애가 타고 불안한 마음에 휜 부분을 잡았다. 딱딱했다. 손대기 어렵다는 이유로 미움을 받는 완고함이 이런 것일까? 굽은 나무의 나쁜 점이 여기에 드러나 있었다. 그러나 도저히 포기할 수 없었다. 사람들은 멸시와 성가심만으로 이 나무를 평가하지만, 그것만으로는 승복할 수 없는 무언가가 있었기에 애가 탔다.

한 번 더 잘라서 보여주겠다고 한다. 나무는 이제 대부분 잘라내서 부피가 작아졌다. 가장 나쁜 부분만 남아 있을 것 같았다. 전원이 켜지고 나무는 톱날을 향해 나아갔다. 나무를 자르는 날카로운 소리가 들렸다. 하지만 나무는 자기 마음대로 뒤로 가지는 못하게 되어 있었다. 톱날도 회전을 멈추지 않았다. 모두 주시했다. 산다는 게 이런 것일까? 톱날에 대한 공포, 맨손으로 맞서는 용맹함. 그것은 톱날에게도 나무에게도 전쟁이었다. 드득드득 하는 저항소리. 나무가 반항하고 톱날은 그 반항을 받아내는 존재로 보였다. 근소한 차이가 이야기해줬다. 전원이 꺼졌다. 톱날이 들어간 부분에 쐐기가 박혀서 쐐기를 치는 소리가 가슴에 와닿았다. 절단면을 벌렸다. 전원이 켜졌다. 나무는 또다시 저항하며 톱날을 밀어냈다. 두 번, 세 번. 그리고 톱날이 지나갔다. 가볍게 잘려나갔다. 잘려나가는 듯 보여 사람들이 긴장을 늦춘 그때, 나무는 또 드득거리며 격렬히 반항하던 그 순간 대각선 형태로 갈라지며 두 동강이 났고 작은 쪽은 갈라진 면을 위로 한 채 데굴데굴 굴렀다. 작업장 안이 조용해졌다. 일제히 엄숙한 분위기로 바뀌었다. 나는 참지 못하고 갈라진 나뭇조각 옆에 무릎을 꿇고 앉았다. 자폭한 듯 삼각형으로 갈라진 굽은 나무는 강렬한 편백나무 향기를 내뿜었다. 기름을 잔뜩 머금은 단면은 연분홍 광택을 띠고 있었고 나뭇결이 촘촘하게 들어차 있었다. 안아보니 그 완고한 무게가 느껴졌다. 이 굽은 나무를 어찌해야 좋을지 그것 말고는 아무것도 생각할 수 없었다.

야쿠 삼나무 　　　　　　　　　　　杉

지난해는 조몬 삼나무를 만나서 더없이 행복했
다. 이전부터 조몬 삼나무를 만나고 싶어 몇 번이나
계획을 세우고 준비도 했지만, 웬일인지 매번 사정
이 생기는 바람에 만나러 가지 못했다. 그런데 이번
에는 많은 분들의 호의 덕분에 바람이 쉽게 이루어
졌다. 나무를 만나러 가는 것을 간단한 일로 생각하
는데 꼭 그렇지는 않다. 나무는 집을 비울 수 없으
니 만나러 가기만 하면 되기 때문에 나무와의 만남
이 식은 죽 먹기 같겠지만 일이 순조롭게 풀리지 않
는 경우도 있다. 인연이니 운이니 적시(適時)니 고풍

스럽게 표현하면 사람들은 웃을 테지만, 나는 옛날 사람이라 만남에는 그와 같은 것이 있다고 믿는다. 오래전부터 가고 싶었던 곳인데 이번에 인연이 닿았다. 4월 중순, 남쪽 섬에 가기에는 딱 좋은 계절이었고 준비에 만전을 기해서 더할 나위 없이 좋은 여행이었다.

야쿠섬은 가고시마에서 130킬로미터, 사타미사키에서 65킬로미터 떨어진 곳에 있고, 다네가시마에서 남쪽 방면으로 그 다음다음에 있는 섬이다. 섬 모양은 원형에 가깝고 둘레는 105킬로미터다. 해안가를 따라 좁은 평지가 이어지고, 중앙부에 높이 2,000미터에 가까운 산이 두 개 있는데 두 개의 산 주위를 1,000미터 이상의 산들이 둘러싸고 있다. 따라서 섬은 원뿔 형태를 하고 있다. 풍경에서 격렬함, 날카로움, 긴장감이 언뜻 보였다. 그렇다고 해도 남쪽 섬이다. 물론 긴장이 풀리는 평온함도 있다. 다른 지역은 잘 몰라서 판단하기 어렵지만 특수한 풍경일지도 모르겠다. 해안 지역의 연평균 기온은 섭씨 20도 전후라, 여름철에는 기온이 꽤 높을 것이다. 반대로 산간 지역은 해안 지역의 기후를 생각할 때 상상도 못 할 정도로 기온이 낮아서 4월까지도 녹지 않은 눈이 쌓여 있다고 한다. 비는 이 섬의 명물이다. 하야시 후미코 씨가 "한 달에 35일 비가 내린다"고 썼다던데, 정말이지 그 표현대로 비가 가장 많이 내리는 지역이라고 한다. 하지만 그렇게 비가 많이 내려도 강은 탁해지지 않는다. 화강암 산이기 때문이라고 한다. 강이 탁해지지 않는다는 말에 문득 폭풍우가 휘몰아칠 때는 어떨지 상상해봤다. 여기 태풍도 상당히 무서운 듯한데, 태풍이 휘몰아치는 날에 대량의 투명한 물이 급경사 계곡의 화강암 바닥을 거칠고 사납게 쓸고 지나가는 광경은 대체 어떤 모습일지 생각해본다. 탁류도 무섭지만, 폭풍우가 휘몰아치는데도 투명한 격류가 흐르는 광경이 오히려 더 무시무시할 것 같다.

섬에는 옛날부터 '사슴이 2만 마리, 원숭이가 2만 마리, 사람이 2만 명 산다'는 말이 전해 내려온다고 하는데 동물의 종류는 적은 듯하다. 그 대신 식물은 해안 지역의 아열대 식물부터 산 정상부의 아한대 식물까지 좁은 지역 내에 넓게 분포되어 있다. 여기까지가 섬에 대한 개괄이다.

야쿠 삼나무란 야쿠섬에 자라는 모든 삼나무를 지칭하는 말이 아니다. 수령 천 년 이상의 삼나무에만 해당되는 말이다. 천 년 미만은 '어린 삼나무'라고 부른다. 천 년을 기준으로 야쿠 삼나무와 어린 삼나무로 나눈다니 정말이지 엄격한 기준이다. 그런 이야기를 들으니 야쿠 삼나무가 어떤 나무이고, 얼마나 고마운지 확 와닿는데, 그와 동시에 어린 삼나무의 '어린'이란 표현에 어떻게 대처해야 할지 모르겠다. 천 년 미만이라고 가볍게 말하지만, 천 년은 우선 별개로 하고 일반적으로 어떤 수종이든 200~300년을 살아온 나무는 거목이라 부르는 게 상식일 텐데 그것을 어린 삼나무라고 부른다. 어린 삼나무라는 말에 나는 묘목에서 10년이나 15년쯤 자란 나무를 떠올렸다. 아무리 생각해봐도 200~300년 자란 나무는 어린 삼나무가 아니다. 어쨌든 천 년이라는, 생물에게는 터무니없는 기준을 두고 게다가 실제로 수령 2,000~3,000년의 나무가 있으니 당연히 200~300년은 어리다고 해도 될지 모르겠지만 소나 치타를 코끼리와 비교해 작은 동물이라고 하면 뭔가 기분이 이상하다. 요컨대 나는

'어린'이라는 표현에 소화불량을 일으켰다. 그 때문에 왠지 가슴이 답답해서 산림청 직원에게 이런저런 이야기를 했지만 직원은 실제로 보면 바로 수긍할 거라며 가볍게 받아넘겼다.

처음 안내받은 곳은 해발 1,000미터에 있는 '야쿠 삼나무 랜드'라는 자연 휴양림이었다. 누구나 조용히 야쿠 삼나무를 감상할 수 있도록 숲 안에는 오솔길이 나 있다. 길은 두 명이 나란히 걸어가기에는 폭이 좁았다. 속 깊은 배려라고 생각했다. 이름 때문에 삼나무만 있는 숲으로 생각하겠지만 혼합림이라 다채로운 변화가 있어 재미있었다.

'야쿠 삼나무 랜드'에 도착한 오후에는 이곳 명물이라는, 한 달에 35일 내린다는 비가 내리기 시작했다. 물론 다들 우산을 쓰고 걸어갔다. 길이 좁아서 일렬로 줄지어 걸어가는데 비가 본격적으로 쏟아졌다. 우산이 무겁게 느껴질 정도의 양(量)이어서 이것이 야말로 진정한 섬의 비라 할 수 있을 것이다. 주위에 온통 하얀 안개가 피어오르는 가운데 침엽수의 초록빛과 활엽수의 초록빛이 제각기 수형(樹形)의 차이를 선명히 보여주며 눈앞에 나타났다 사라졌다 했다.

이 빗속에서만 볼 수 있는, 뭐라 형용하기 어려운 아름다움이었다. 하지만 넋을 잃고 바라볼 때도 조심해야 한다. 발밑은 사방에 흐르는 빗물 때문에 미끄럽고 빗물이 우산을 뚫고 들어왔다. 옷에 맞고 튀는 빗방울에 눈이 젖었다. 숲을 보고 싶을 때는 옆 사람의 도움을 받았는데 둘러보는 동안 내내 뒤따라오는 사람들을 빗속에 기다리게 했다. 미안한 일이라는 걸 알면서도 수차례 그런 염치없는 행동을 했다. 그렇게 할 수밖에 없을 정도로 빗속의 혼합림은 아름다웠고 술 취할 때와 비슷한 유쾌함이 있었다. 만약 지금보다 더 세차게 내리는 비가 보통 이곳에 내리는 비라고 한다면, 좋지 않겠는가. 보고 싶었다. 세차면 세찬 만큼 또 다른 풍경을 볼 수 있을 거라는 생각에 호기심이 일었다.

그러나 비를 맞으며 산길을 오르내리는 행위는 호흡과 다리에 상당한 부담을 주었다. 구마모토 산림청 직원이 염려하여 손으로 잡아끌고 줄을 잡게 해주었다. 사양할 처지가 못 되어 나를 들어 올려주는 도움을 받았는데도 숨쉬기는 괴롭고 다리는 아파서 미끄러지거나 넘어지지 않으려고 애쓰는 게 고작

이었다. 이곳을 일정 첫날에 집어넣고 비가 오는데
도 강행한 이유는 다음 날 본격적인 일정인 조몬 삼
나무를 보러 가기 위한 예습, 즉 예비 훈련이라고 했
다. 수긍이 갔다. 하지만 예행연습에서조차 낙오할
것 같아서 내일이 한없이 불안했다.

그런 가운데 처음으로 첫 번째 야쿠 삼나무를 가까
이서 봤다. 나무는 계곡 옆에 서 있었다. 제일 먼저 눈
에 들어온 것은 축축하게 젖은 줄기였다. 뿌리에서 위
로 조금 올라온 부분으로, 굵어 보였다. 바닥이 평평
한 곳을 찾아 적당한 자리에 서서 위를 쳐다보려 했
다. 하지만 퍼붓는 빗속에 날도 어둑어둑해서 안경 없
이는 잘 보이지 않고 원시용 안경을 써도 비와 체온
때문에 김이 서렸다. 뚫어지게 쳐다봐도 가지가 갈라
진 부근은 원근이 구별되지 않아서 잘 보이지 않았다.
그런데 그쪽에 바람이 지나가면 비에 농담(濃淡)이 생
기는 게 보였다. 위를 쳐다보는 것은 포기하고 뿌리
를 살펴봤다. 잔뿌리라고 해도 팔뚝만큼이나 굵고,
땅 위로 솟아 여기저기 퍼져 있었다. 투망을 떠올렸
다. 투망 끝에는 그물추가 달려 있는데, 지상으로 솟
은 뿌리의 끝은 그물추에 맞먹는 힘으로 일념을 다해

흙을 꽉 붙잡고 있을 것이다. 잔뿌리는 나무라는 구조의 말단이지만, 구조의 말단은 온 힘과 노력을 쏟고 있다. 인간에게 짓밟혀 껍질이 빨갛게 벗겨진 상태로 비에 젖은 투망형 뿌리를 보다가 나무는 평생 거주지를 바꾸지 않는다는 생각이 들었다. 태어난 곳에서 죽을 때까지 한자리에서 살아가겠노라는 의지가 가장 강한 존재는 뿌리임이 틀림없다.

보통 뿌리와 나무의 경계를 정하는 것은 흙이다. 흙 위로 솟아 나온 부분부터 나무가 된다. 뿌리와 나무는 본래 하나로 이어져 있다. 그런데 거기에 경계를 짓는 것이 작고 부슬부슬한 흙 알갱이라서 재미있다. 훌륭한 역할을 하고 있다. 하지만 뿌리와 나무의 경계는 정확히 어디서부터일까? 어린 나무의 경우, 흙 위로 올라온 부분부터 나무라고 하는데 이것은 명확하다. 하지만 나무가 크면 복잡해진다. 흙 위로 약간 올라온 부분까지 포함해서 뿌리 또는 밑동이라고 한다. 지상 몇 센티미터까지를 뿌리에 포함시키는지 그 부분은 잘 모르겠다. 원래 하나로 이어져 있어 깊이 파고들 필요는 없지만 노목을 볼 때마다 애매모호하다. 지금도 또 야쿠 삼나무를 보고 애매모호했다. 흙을 경계로 위로 솟아난 부분은 나무일까, 뿌리일까? 양쪽 다 받아들일 수 있다. 다만, 줄기와는 조금 다른 듯싶다. 땅 위로 나온 뿌리라고도 하는데 그렇다면 뿌리다. 우뚝 솟아난 부분이라고도 하는 모양이었다. 이 말이 가장 딱 들어맞는 듯싶은데, 그렇다면 뿌리, 우뚝 솟은 부분, 나무 또는 줄기로 이루어진 것일까? 아니면 그 모두를 통틀어 나무라고 하는 걸까. 아무래도 상관없지만, 야쿠 삼나무는 그 애매한 부분을 통해 눈에 띄는 강한 힘을 보여주고 있었다. 천 년을 버텨온 인내의 집결과 같은 힘을. 어린 나무는 지면에서 완전한 원형으로 곧고 크게 자란다. 그것은 과거에 인내와 인고를 강요받은 적 없는 경사스러운 원형이며 곧음이라 할 수 있다. 야쿠 삼나무는 곧고 크게 자라지 않는다. 원형이라고도 할 수 없다. 굳이 길게 이야기하자면, 부풀어 오른 혈관과 경련이 일어난 힘줄이 서로 다투고 얽히면서 어떤 부분은 기운이 넘쳐 불거지고, 어떤 부분은 반대로 깊게 쑥 들어간다. 자신의 무게를 오랜 세월 지탱해온 과정에서 생긴 거대한 혹을 갖는 변형이라 할 수 있는데 그저 힘, 힘의 작용인 것이다. 강력하다면 더없이 강력하지만, 한편으로 보면 참혹한 인내의 집약이기도 하다. 나는 도시에 살며 허약하게 늙어온 터라 가끔씩 자연에 나왔다가 그와 같은 강력함을 보면 곧바로 서글퍼지는데, 야쿠 삼나무는 빗속에서 태연하게 똑바로 서 있어 티 없이 맑아 보였다.

꾸불꾸불한 오르막길이다. 조금 올라가다 멈춰서서 바라보니 이 삼나무의 전체 모습이 비교적 잘 보였다. 바람이 희뿌연 비를 몰고 삼나무 사이를 빠져나간다. 그러면서 삼나무에 비를 남겨두고 가는지 비는 옅은 하얀빛으로 바뀌어 지나간다. 그렇구나, 알았다. 여기서 비는 삼나무에게 주는 선물인 것이다.

그래서 바람이 다시 한번 비를 데리고 오기를 기다렸다. 그리고 선물은 비라기보다는 하오리(기모노 위에 걸치는 짧은 겉옷 - 옮긴이)에 빗대 생각했다. 가볍게 살짝 입혀주고 지나가는 듯한 느낌이 들었다. 조금 떨어져 사물을 바라보는 신기함, 들고 있는 우산을 뚫고 들어올 정도로 쏟아지는 세찬 비에는 정(情)도 매력도 있을 리 없겠지만 그것이 위에다 살짝 입혀주는 하오리의 모습을 나타내는 것이라 재밌었다.

 다음 날, 감사하게도 비가 그쳤다. 오늘 흐리기는
해도 비는 오지 않을 거라는 지역민들의 예보가 있
었다. 소형 화물열차를 타러 가는 데 한 시간, 이어
화물열차로 갈아타고 한 시간 정도 더 들어간다. 가
는 길 곳곳에 나무를 꿰뚫고 자란 야쿠 거목이 보
인다. 종점부터는 도보로 이동하는데 열차에서 내
려 목적지 방향을 확인한 순간부터 더 이상 못 가겠
다며 기겁했다. 급경사에 울퉁불퉁 돌투성이 길을
내가 올라갈 수 있을 턱이 없다. 애당초 산속을 걷
는 것은 이번이 처음이다. 다리보다 먼저 이미 눈에
서 패배한지라 어떻게 해야 좋을지 망설였다. 하지
만 십수 명의 일행 모두 내 심중을 알아챌 리 없으
니 싱글벙글 웃으며 가자고 재촉한다. 포기할지 말
지 결정하기 어려운 상태로, 어쨌든 걷기 시작했다.
100보나 걸었을까, 다리가 굳기 시작하고 숨쉬기도
괴로웠다. 일행이 벌써부터 손을 잡고 끌어준다. 이
렇게 되니 내 마음도 될 대로 돼라, 갈 수 있는 데까
지 가보자는 생각이 든다. 얼마 지나지 않아 일행이

끌어주고 밀어주는 상태가 되더니, 나아가 끌어주고 밀어주고 안아주게 되었다. 그런데 심지어 자꾸 쉬어주지 않으면 체력이 버텨내지 못한다. 쉴 때 말고는 풍경과 수목 그 무엇도 보지 않고, 오로지 한 걸음 앞에서 걸어가며 내 손을 끌어당겨주는 사람의 다리만 보았다. 이제 아무런 번민 없이 호의를 받아들이고 있었다. 그리고 드디어 윌슨 그루터기에 도착했다.

윌슨 그루터기란 1914년에 윌슨이 발견하고 감동했다는 그루터기를 말한다. 둘레 32미터, 단면 지름 13미터, 추정 수령 3,000년의 거목으로, 야쿠 삼나무는 기름기가 많아서 잘 썩지 않기 때문에 지금도 그루터기가 남아 있다. 이곳은 뭐라 말 못 할 정도로 평온한 곳이었다. 번뇌가 사라지고 심신이 맑아지고 깨끗해진다고 할까, 고요하게 안정되어 마음이 저절로 새로워지는 곳이었다. 윌슨 그루터기 주위로 수려한 어린 삼나무가 몇 그루나 쭉 늘어서 있었다. 곧게 쭉 뻗은 원통형 줄기를 가진 수령 200년의 거목이었다. 이런 나무는 보는 사람의 마음도 평온하고 솔직해진다. 더욱이 그런 나무가 몇 그루나 있어서 강한 인상을 받았다. 신은 높은 나무 꼭대기로 강림한다고 하는데, 그 말이 이해되는 장소였다. 이곳과 비교할 때, 야쿠 삼나무 랜드는 훨씬 더 인간 냄새가 나는 곳이고 나무들 또한 인간과 친숙하다는 점을 알 수 있다. 이곳 나무들은 현재로서는 아직 인간의 때를 입지 않고 청정했다.

여기서부터 길이 더욱 험해진다. 다리는 이제 도저히 움직일 수가 없다. 일행이 업어주겠다고 한다. 그리고 52~53킬로그램쯤 나가냐며 내 체중을 알아맞히더니 그 정도라면 업고 갈 수 있겠다고 한다. 도쿄를 떠나는 나에게 의사는 물론 가족도 욕심부리지 말라고 신신당부했는데, 업어주겠다는 말에 갑자기 욕심이 생겼다. 윌슨 그루터기는 1,000미터 높이에 있고, 조몬 삼나무는 1,300미터 높이에 있다. 거리가 어느 정도인지는 모르겠지만, 고도차가 300미터밖에 나지 않기에 뻔뻔스럽지만 업혀서라도 갈 수 있다면 이전부터의 염원을 이루고 싶었다.

끈도 없이 손도 두르지 않고 업었다. 게다가 "이영차, 이영차" 하며 가는 게 아니라, 오르막길도 내리막길도 이쪽 돌에서 저쪽 돌로 탄력을 붙여 뛰어간다. 경사가 급하면 더욱 탄력을 붙인다. 때로는 다리와 동시에 잽싸게 손을 뻗어 적당한 위치의 돌을 움켜잡는다. 그 기민하고 자유로운 움직임이며 착착 진척되는 속도가 그저 놀라울 뿐이었다. 한편으로는 조금 무섭기도 해서 불안해하자, 그 사람은 업힌 사람도 심적으로 피곤하겠지만 안심하라고 한다. 나는 정말 미안하고 고마워서 등 뒤에서 미안해했다.

조몬 삼나무는 솔직히 말하자면 아주 충격적인 모습이었다. 이게 정말 삼나무인가 싶을 정도로 보기 흉했다. 뿌리에서 18~19미터쯤 되는 곳까지 줄기가 아주 굵은데 이 지점부터 여러 갈래의 가지로 갈라지면서 줄기의 굵기가 갑자기 가늘어진다. 가지가 뻗은 모양새도 별로다. 삼나무는 높이 곧게 자라는데 옆에서 보면 꼭대기가 뾰족한 삼각형 모양을 하고 있는 것이 상식이며, 단정하다는 이미지를 가지고 있다. 이러한 통념은 조몬 삼나무 앞에서 무색해진다. 굵기와 높이의 비례는 아름답다 하기 어렵고, 흐트러진 삼각형 모양이라 단정함과는 아주 거리가 멀었다. 그루터기 둘레가 28미터, 가슴 높이 지름 5미터, 나무 높이 30미터, 컴퓨터 계산으로 수령 7,200년이라고 한다. 발견 시기는 의외로 1966년이다. 좁은 섬에서 이런 거목이 오랜 세월 동안 사람들 눈에 띄지 않은 점이 신기하다.

야쿠 삼나무는 대체로 줄기 표면이 울룩불룩, 울퉁불퉁하지만 조몬 삼나무는 그 경향이 특히 심해서 줄기 전체가 크고 작은 혹들로 잔뜩 뒤덮여 있다. 줄기 위쪽까지 가지가 없어서 울퉁불퉁한 표면이 훤히 다 보이는 데다, 둘레가 28미터나 되니 눈에 들어오는 울퉁불퉁한 면적이 넓다. 여기에 하나 더, 혹을 아주 보기 흉하게 만드는 요소가 나무껍질의 색깔이다. 삼나무의 껍질은 원래 적갈색을 띠지만 조몬 삼나무의 껍질 곳곳에는 회백색으로 변한 부분이 있다. 오랜 세월 비바람과 햇빛에 노출되어 색이 바래서인지, 아니면 흰머리와 같은 노화 현상 때문인지 적갈색 가운데 회백색의 옹이가 굽이치고 있는 모습이 음산해서 불쾌했다. 뿌리는 넓게 땅 위로 기어 나와 사방팔방으로 얽히고설켜 몸부림치고 있다. 뿌리도 오랜 세월 비바람과 햇빛에 노출되며 색이 바랬기 때문인지, 발에 밟혔기 때문인지 껍질이 벗겨져 하얀 속살이 드러난 부분이 눈에 띈다. 무엇보다 기분 나쁜 것은 한눈에도 바로 알 수 있는 오랜 세월이다. 기계가 산출한 7,200년이라는 수령을 믿든 안 믿든 나무를 보자마자 직감적으로 이 나무가 아주 오랜 세월을 살아왔다는 데 동의하게 되므로 뭔지는 잘 모르겠지만 수상하다. 암석이라면 7,000년을 살아왔다 해도 별 의심 없이 믿을 수 있다. 하지만 생물이 그만큼 긴 세월을 장수했다고 하면 믿을 수 있을까. 그런데 조몬 삼나무를 직접 보면 그 상식을 초월하는 장수를 수긍할 수 있다. 나무 형태도 이상하고 충격적이며, 수령도 섬뜩한 박력으로 다가온다.

본심을 털어놓자면, 나는 겁을 먹었다. 겁을 먹은 상태라 비이성적인 사고를 하게 되고, 그러다 보니 또 거기에 겁을 먹었다. 이 삼나무가 무언가 미지의 존재로 이행 중인 것은 아닐까 등등 비이성적인 사고 활동 때문에 머릿속이 무척 혼란스러웠지만, 두터운 호의를 베풀어주는 일행들 앞에서 느낀 바 그대로 나쁘게 말할 수 없다는 생각에 나의 혼란스러운 상태를 숨겼다. 점심 도시락을 받았지만 위가 꽉 죄어왔다. 손과 다리도 이제 한계였다. 그나마 고마

웠던 점은 등에 내리쬐는 햇볕이 따스해 잠시 앉아서 졸기에는 안성맞춤이었다는 것이다. 자고 싶을 때 어디서나 잠들 수 있는 건 내 특기다.

어느 정도 기운을 되찾은 뒤에 다시 바라보니 조금 전과는 아주 다르게 보였다. 조몬 삼나무는 역시 더할 나위 없이 각별했다. 이 나무에는 침착한 분위기가 감돌고, 굵기에 비해 키가 작은 이유는 늘 우듬지에 거친 바람이 불어닥치기 때문으로, 땅딸막한 모습은 말하자면 인내의 모습이라 할 수 있다. 단정하지는 않지만 강건하다. 추악하고 괴이해 보였던 줄기의 혹들도 땅 위로 솟아 나온 뿌리도 힘이며 강력함이고, 가냘픈 아름다움은 없는 대신 실력이 주는 믿음직함이라고 본다. 음산해 보이던 나무껍질의 색깔도 다시 보니 손으로 짠 직물처럼 아름다웠다. 다소 불규칙한 홈이 패어 있는 삼나무 껍질에는 갈색과 회색 이 두 가지 색깔이 입혀져 있었다. 세로주름이 잡힌 직물에 불규칙한 세로무늬가 들어간 것 같다. 이 오래된 거목의 모습은 무뚝뚝해 보이지만 꽤 멋진 기모노를 입고 있어서 흥미롭다. 몸이 피곤하면 마음도 피곤하고, 마음이 피곤하면 눈도 실수

하는 법이다. 접하기 어려운 삼나무를 만나면서 첫
번째는 나쁘게 봤지만 두 번째는 좋게 다시 볼 수 있
게 되어 안도했다. 조몬 삼나무는 역시 최고 중의 최
고로 매우 수려한 풍격을 지니고 있다. 그러나 풍치
면에서는 대왕삼나무에 밀린다.

　돌아오는 길에는 거의 걸을 수가 없었다. 오른쪽
다리를 내디딘 다음, 왼쪽 다리를 내디디려고 다리
를 잡고 힘껏 당겨봐도 웬일인지 왼쪽 다리가 꿈쩍
도 하지 않아서 깜짝 놀랐다. 내년은 어렵겠지만 올
해라면 아직 괜찮다고 여겼는데, 안일한 생각이었
다. 옆에서 도와주는 일행의 손과 등이 있었기에 위
태위태한 상황에서도 겨우 만날 수 있었던 야쿠 삼
나무였다. 만날 수 있었다고 했지만, 사실 만났다기
보다 그저 표면적 형태를 봤을 뿐이다. 그것도 똑똑
히 본 것이 아니다. 그루터기 둘레 28미터, 가슴 높
이 지름 5미터라 해도 그 굵기와 크기를 나는 가늠
하기가 어렵다. 귀경 후에 끈이라도 이어서 재보지
않으면 도무지 알 길이 없다. 그런데 그거야 어떻게
든 되겠지만 문제는 그 거목을 어떻게 이해하면 좋
을까 하는 것이었다.

도쿄의 고급 목재점이 오랜 단골 고객에게 감사의 마음에서 뜻깊은 행사를 열고 싶어 이리저리 궁리한 끝에 '야쿠섬의 조몬 삼나무 견학 여행'에 초대했는데 고객들 모두 마음에 쏙 들어 하며 무척 기뻐했다고 한다. 옛날부터 상거래 품목으로 취급해온 야쿠섬 나무이지만, 잘리기 전 뿌리를 내리고 서 있을 때 모습을 본 사람은 적다. 언젠가 한 번은 보러 가고 싶다는 생각은 있어도 너무 바빠서 가기 어렵다는 사람들뿐이라고 한다.

다리가 튼튼한 사람이든 그렇지 않은 사람이든 어쨌든 참가자 모두 조몬 삼나무 앞에 서서 저마다 감동하고 서로 감상을 나누며 활기가 넘쳤다고 한다. 그리고 숙소에 돌아가 휴식을 취한 뒤에 칠십 몇 세의 장로 격 어르신이, 여러분 덕분에 오늘 평생에 가장 좋은 것을 보게 되어 깊이 감동했다며 주최 측에 감사를 표했다고 한다. 좋은 것이라는 말에 동감했다. 좋은 것이란 말은 두루뭉술한 표현이지만 귀엽게 여기는 마음, 소중히 감싸주고 싶은 마음, 고귀하게 여기는 마음을 내포한다. 오랫동안 장사를 해왔기 때문에 삼나무 목재를 많이 접했을 것이다. 따라서 그 말은 자신의 안목을 걸고 이야기한 좋은 것이라는 뜻이다. 그와 동시에 장사를 떠나 순수하게 이거대한 삼나무를 유례없는 특별한 나무라고 찬탄하며 이야기하는 '좋은 것'일 테다. 역시 하나의 길을 관철해온 사람의 눈은 명쾌하다. 눈이 정확하므로 아무리 삼나무가 거대하더라도 자기가 본 것은 마음속에 깔끔하게 정리해둘 것이고, 마음속에 정리되어 있으니 말도 자연히 좋은 말이 나올 것이다. 나는 그렇지 않아 곤란했다. 조몬 삼나무가 눈과 마음속에서 삐져나와 정리가 되지 않았다.

삼나무에 대해 배운 적이 없거니와 다른 곳의 삼나무를 본 적도 없기 때문이다. 지식과 경험이 없는 이에게 남은 방법은 몸으로 부딪치는 길뿐이다. 매우 불안한 방법이긴 하지만, 그 나름의 지식이 없기에 얻는 감동도 있으므로 상당히 즐겁다. 나는 그 감동에 의지하고 있었는데 나의 협소한 감동 범위는 조몬 삼나무에 부딪쳐 잠시도 못 버티고 나가떨어졌다. 이렇게 되니 판단의 근거가 없다는 사실이 비참

했다. 어찌할 방도가 없었다. 지금은 그날로부터 1년 가까운 시간이 흘렀지만 일반적인 삼나무와는 다른 조몬 삼나무의 모습, 그 많은 혹(조몬 삼나무는 특히 혹이 많은데 조몬 삼나무뿐만 아니라 원래 거목의 뿌리 쪽에 종종 보이는, 혹인지 융기인지 아무튼 복잡한 곡선이 떠오른다), 그리고 7,000년이라는 상상을 초월하는 수령 등등 아직까지도 뭐 하나 마음속에 정리된 바가 없다.

일반적으로 야쿠 삼나무라 부르는 거대한 삼나무가 어떻게 오랫동안 장수할 수 있었는지에 대해 이야기했다. 아무리 튼튼한 나무라도 거목으로 무사히 성장하기 위한 조건으로, 역시 환경의 좋고 나쁨이 있다. 여기저기 흩어져 자라는 야쿠 삼나무를 보면 거기에 공통 조건이 있다는 점을 눈치챌 수 있다. 해발 1,000미터에서 1,300미터 사이에 자란다, 경사가 너무 가파르지 않다, 작은 분지 지형이어서 바람이 불지 않는다, 어느 정도 흙이 깊다, 근처에 작은 계곡이 있어 물이 풍부하다 등 여러 조건을 공통적으로 가지고 있다.

더 추측해보면, 아직 약하고 어린 나무일 때는 주

위에 적당한 높이의 나무가 있어야 할 것이다. 적당한 높이의 나무는 바람과 그 밖의 해로움을 막아준다. 하지만 머지않아 튼튼하게 자라나면 주위의 나무는 충분한 일조를 확보하는 데 방해가 되기 때문에 사라지고 대신 새로운 나무가 자라기를 바란다. 이처럼 좋은 조건을 만나는 행운도 야쿠 삼나무로 불릴 때까지 오랫동안 살아남는 데 필요한 것 같다.

그렇다 하더라도 섬의 자연환경은 혹독하다. 삼나무는 도대체 무엇을 양분으로 삼느냐 하면, 태양과 비, 즉 햇빛과 물뿐이다. 햇빛과 물만 가지고 어떻게 거목으로 성장하고 장수할 수 있겠냐며 의심할지도 모르겠다. 하지만 정말로 삼나무의 양분은 햇빛과 물뿐이다.

그런데 이 부족함이 성장에 또 큰 도움이 된다. 영양이 부족하면 온갖 질병의 근원인 나쁜 균이 살지 못한다. 영양이 부족한 대신 병균도 없이 청결하고, 삶이 가난해도 굳세게 자란다는 이야기를 들으니 왠지 귀가 따끔거린다. 아무튼 야쿠 삼나무는 풍족한 환경에서 자란 나무는 아니라고 한다.

지역 산림청의 묘포장을 보여주었다. 부탁을 받

고 다른 근무지의 직원이 와줬다는데, 아직 젊은 주임이었다. 제 자식보다 더 신경을 쓰고, 자연히 남을 잘 돌볼 줄 알아서 시간과 정성을 다한다고 한다. 그래서인지 모종을 기르는 사람 중에는 상냥한 사람이 많다고 산림청장님도 말한다. 묘목이 일정 크기까지 자라면 뽑아다 산림에 옮겨 심는다. 손수 기른 묘목을 내보낼 때는 오직 무사성장을 기도하며 이루 말할 수 없는 쓸쓸함을 숨긴 채 묘목을 심는 사람들에게 부디 잘 심어달라고 부탁한단다.

묘목을 심는 사람에게는 또 그 나름의 마음이 있다. 식림(植林)을 담당한 직원이 정년퇴직을 할 때 그 노고를 치하하는 휴가를 주는데, 청장이 배려의 뜻으로 온천에 가서 푹 쉬라고 권해도 기뻐하며 휴가를 가는 사람은 없다고 한다. 온천에 갈 바에야 차라리 산에 가겠다며 예전에 자신이 심은 나무가 있는, 선뜻 가기에는 어려운 골짜기나 산 높은 곳을 보러 돌아다닌다고 한다. 그리고 돌아와 보고할 때, 늠름한 젊은이가 되었다며 기뻐하기도 하고 무엇이 불만이었는지 그 골짜기에 보낸 아이는 조금 언짢아 보였다며 걱정하기도 한다. 한번 심은 나무는 평생의 자식으로 여기기 때문에 "결코 잊을 수 없다"고 청장은 이야기했다. 이것은 퇴직 전, 그동안의 일에 대한 마무리이자 확인이다. 하지만 부모의 마음 그 이상이다. 무사히 성장했다 해서 '국가를 위해' 이렇게 생각한 적은 결코 없고, 좋은 성적을 거두지 못했다고 해도 '세상을 위해', '인간을 위해' 우려하는 것이 아니라 "그저 혼자 기뻐하거나 걱정할 뿐이에요"라고 그 사람들은 말한다. 과연 삼림을 가까이하는 사람들은 다르다. 말하는 바가 청량했다.

묘포장은 본잎이 막 자란 묘목들로 빽빽했다. 모두 가늘고 뾰족한 잎 세 개를 자랑스레 쳐들고 있다. 세 개의 가늘고 뾰족한 잎이 달린 나무는 요컨대 삼나무다. 이 작은 묘목이 저 거대한 야쿠 삼나무가 되기도 하는 걸까, 그런 생각을 하니 아득한 기분이 든다. 재미있는 점은 자세히 보면 잎이 세 개가 아니라 네 개인 묘목도 있다는 것이다. 그것은 돌연변이다. 종이 다르냐고 물어보자, 그런 애교 있는 녀석도 있다는 대답이 웃음과 함께 돌아왔다.

나무의 기모노

　삼나무는 세로줄 무늬 기모노를 입고 있다. 조몬 삼나무도 세로줄 무늬 기모노를 입고 있었다고 썼더니, 한 여성이 기모노를 일상적으로 입는 사람의 시각이라며 흥미로워했다. 듣고 보니 일리가 있었다. 기모노를 줄곧 입어온 이유는 특별히 기모노를 입는 데 자신이 있어서가 아니다. 그저 서양식 의복을 입는 데 적합한 체형이 아니라 자신감을 잃어버린 채 어느새 기모노 차림 그대로 나이가 들다 보니, 이제는 다른 옷으로 바꿀 생각도 없지만 아무튼 기모노를 70년 동안 입으면서 그 옷에 익숙해진 것이다. 삼나무는 세로줄 무늬 또는 세로 주름 기모노이고, 소나무는 거북이 등딱지 모양을 닮은 육각형 무늬, 노각나무는 민무늬 기모노인 것 같다.

나무가 기모노를 입고 있다고 마음속으로 생각한 지 벌써 몇 해일까. 홋카이도에 가문비나무를 보러 갔을 때, 침엽수림 사이를 달리는 지프차 안에서 당황한 이유는 나무가 모두 똑같이 생겨서 어떤 나무가 가문비나무인지 분간이 되지 않았기 때문이다. 달리 방법이 없어 목적지에 도착한 후 가르침을 청했다. 우듬지의 나뭇잎만 보니 분간하기 어려운 것이다, 줄기의 빛깔과 나무의 껍질 모양도 보라는 말을 들었다. 요컨대 높은 곳에 있는 잎과 꽃에만 정신을 쏟지 말고 눈높이에 있는, 눈에 가장 잘 들어오는 밑동을 놓치지 말고 보라는 것이다. 그때 이것이 나무의 옷차림이고 나무껍질을 기모노라고 보면, 그것이 기억의 단서가 된다는 사실을 알았다. 그렇대도 면직물 하나에도 종류가 다양한 것처럼 나무껍질도 아주 비슷한 종류가 많아서 곤란하다. 우선, 흰칠하게 자란 어린 삼나무를 만나면 기껏해야 "어머나, 세상에! 옷이 참 잘 어울리네요. 수수하지만 세련되고 품격이 느껴지는 늠름한 청년이군요"라며 넋을 잃고 감상한다.

전문가의 입장에서 생각할 때 기본적인 것도 모르는 풋내기의 질문을 받는 일은 상당히 고역일 듯싶다. 답답하고 어이없을 것 같다. 이때도 조금 전 내 질문을 받은 분에게 폐를 끼쳤지만 그렇게 가르쳐주는 방식이 고맙다. 우듬지만 본다면서 내가 고쳐야 할 점을 지적한 다음에 나무껍질의 빛깔과 결을 보라고 알려준다. 친절하다. 친절을 느낄 때 나는 외우고 또 외워서 이후 줄곧 그것을 힘으로 여긴다. 한 발짝 앞서 걸어가며 담담히 가르쳐주던 산사람의 머리부터 어깨에 걸쳐 살집이 있고 단단한 그 모습을 잊지 않는 것이다.

가부키(일본의 전통극 - 옮긴이) 의상 중에 상당히 두툼한 옷이 있다. 극중 등장인물인 마쓰오, 우메오, 사쿠라마루 3형제 가운데 마쓰오의 의상은 얼핏 보기에도 두툼하다. 의상을 바로 눈앞이 아니라 멀리 떨어진 좌석에서 봤을 뿐이어서 정말로 두툼한지 어떤지는 모르겠지만, 노송의 나무껍질을 보고 있노라면 그 의상이 떠오른다. 소나무는 두툼한 기모노다. 두

툼하게 입고 있다고 말하는 편이 좋을 듯싶다. 소나무의 껍질, 이른바 송피(松皮)는 거북이 등딱지처럼 표면이 육각형 무늬로 갈라져 있는데 만져보면 꺼칠꺼칠하다. 갈라진 틈이 깊어서 두꺼운 옷을 입고 있다는 사실을 알 수 있다. 검정 바탕에 눈이 소복하게 쌓인 소나무 가지가 그려진 마쓰오의 의상은 검정, 하양, 파랑의 배색이 깨끗하고 시원해 보이지만, 실제 소나무가 입은 기모노는 지저분하고 오로지 거북이 등딱지 모양의 균열이 관록을 보여주고 있다. 마쓰오의 머리숱은 아주 무성한데 자연의 소나무를 보면 종종 입이 떡 벌어질 만큼 무성한 바늘 모양의 잎이 눈에 띈다. 가부키의 만듦새도 그러하지만 자연의 만듦새도 뛰어나다는 인상을 받는다. 마쓰오의 중후한 기모노에는 그 정도로 숱 많은 가발을 얹어야 균형이 맞는다. 머리숱이 적으면 기모노가 울 것이다.

은행나무의 기모노는 주름이 잡혀 있다. 나무가 클수록 주름이 깊다. 대개 세로 형태의 주름이 많은데, 물결무늬와 사선 격자무늬도 있고 주름 길이가 긴 것과 짧은 것도 있으며 그 배열도 전반적으로 불규칙하다. 다만 삼나무와 소나무처럼 갈라진 나무껍질이 아니라 굵은 주름이 잡혀 있는 것처럼 보인다. 주름이 꽤 뚜렷해서 멀리서도 한눈에 알아볼 수 있다. 독특하고 재밌는 모양의 나뭇잎은 가을에는 주위를 환히 밝힐 만큼 선명한 노란빛으로 물든다. 그때 나무줄기의 주름이 다시금 정말로 예뻐 보인다. 몇 해 전, 군마현과 니가타현의 접경 지역인 조에쓰로 가는 기차 창문 너머로 봤던 아름다운 풍경이 눈에 선하다. 맑은 하늘을 배경으로 노랗게 물든 은행잎이 선명하게 보이고 비스듬히 비치는 붉은 햇살 속에 까맣고 단단하게 잡혀 있는 나무줄기의 주름은 정말이지 자기 존재를 확실히 드러내 보이는 듯했다. 단지 멋 때문에 주름이 불거져 있지는 않을 것이다. 그럴 만한 이유가 있기에 그만큼 다채로운 풍경을 엮어내는 힘을 지니고 있었으리라.

깊은 틈도 없고 긴 주름도 없는데 매끄럽지 않고 오돌토돌한 의상을 입은 나무가 있다. 껍질을 뜯으면 순순히 벗겨지는데, 껍질이 벗겨진 자국은 색깔이 옅어지면서 반점이 된다. 비란수, 육박나무, 플라타너스, 모나델파노각나무, 노각나무 등은 벗겨지는 나무껍질을 가지고 있다. 벗겨진 껍질이 얼룩덜룩해져서 이런 나무를 지저분하다고 싫어하는 사람도 있다. 실제로 나무껍질이 다 벗겨지지는 않고 들뜬 채로 여전히 아쉬운 듯 나무에 달라붙어 있는 모습을 보면 뾰루지 딱지가 연상되어 보기 좋다고 할 수는 없다. 그러나 밑동 주변을 보면, 수분을 잃고 오그라든 자그만 껍질 조각들이 살그머니 먼지로 변하려 하고 있어 애처롭다. 역할을 마친 후의 모습에는 미추를 넘어 마음 끌리는 매력이 있다.

관점에 따라 얼룩무늬 기모노는 아름답게 보일 수도 있다. 플라타너스도 아름답다. 나는 플라타너스의 기모노에는 직물 본연의 아름다움보다 날염의 아름다움이 있다고 생각한다. 삼나무의 줄무늬, 소나무의 무늬, 은행나무의 주름 등은 직물을 짜서 만들어낸 무늬지만, 플라타너스는 직물의 깊은 맛이 없는 대신 염색물의 재미와 정교함이 있다. 단번에 싹 벗겨내지 않고 조금씩 조금씩 차례대로 벗겨내기 때문에 빛깔의 농담이 복잡하게 뒤섞여 있지만, 자세히 살펴보면 엷은 갈색, 그보다 조금 더 짙은 갈색, 초록색, 초록색이 도는 회색 이 네 가지 색이 반점을 이루고 있다. 상당히 고급스러운 염색 기법이라 할 수 있다. 배롱나무는 적갈색 바탕에 아름다운 반점 무늬가 있는 멋진 의상을 입고 있다.

이런 멋들어진 말을 하고는 있지만, 사실 나무껍질은 일생에 걸쳐 관찰하지 않으면 딱 이렇다고 말하기가 어렵다고 한다. 왜냐면 나무 역시 유아기, 청년기, 장년기, 노년기 이후, 이렇게 시기별로 피부가 점점 변하기 때문이다. 노년기에는 소년기를 생각할 때 짐작조차 못 할 피부일 것이다. 심지어 피부뿐만 아니라 나뭇잎의 형태까지 바꾸는 나무도 있다. 어릴 적에는 나뭇잎 가장자리가 동글동글했는데 성장하면서 뾰족뾰족한 톱니 모양으로 바뀌는 나무도 있고, 젊을 적에는 뾰족뾰족했는데 나중에는 동글동글하게 바뀌는 나무도 있다. 나이가 들어 예민해지는 경우도 있지만 원숙해지는 경우도 있다는 의미일까.

모나델파노각나무도 껍질이 벗겨지는 나무이지만, 각별히 아름다운 피부를 가지고 있다. 숲속에서 유독 눈에 띄는데 껍질이 빨갛다. 옷이 아니라 맨살처럼 느껴진다. 만져보면 차갑고 반질반질 매끄러우면서 광택이 있다. 옷감에 비유하자면 보드라운 비단일 듯하다. 어릴 적에는 껍질이 벗겨지지 않는지, 아니면 벗겨져도 흔적이 남지 않는지 어쨌든 어린 나무의 껍질에는 반점 무늬가 없다. 그래서 옷으로 치자면 적갈색의 민무늬 비단으로 지은 기모노 같아 다소 격식 있는 의상에 속하지만, 위엄을 내세우지 않는 가겟집 여성과 같은 풍취가 있어 소탈하고 싹싹하며, 소란스럽지 않게 깔깔 웃기도 하지만 이따금 격식을 갖춰 우아하게 잘 차려입은 모습이다.

그러나 자라서 거목이 되면 역시 껍질이 벗겨진 자국이 떡하니 남아 엷은 빛깔을 띠고 있다. 하코네에 있는 수목원에는 굵은 모나델파노각나무 몇 그루가 한곳에 모여 있어 볼 만했다. 특히 신록이 아름다운 계절, 마침 세찬 비가 쏟아지는 날에 가서 보았는데, 초록빛이 선명하기 그지없었다. 사방이 초록빛과 연둣빛으로 가득한 가운데 굵은 빨간 줄기를 내보이지만 우쭐대거나 주눅 들지 않고 서 있는데, 그때 비가 이토록 눈부시게 활기찬 것임을 처음 알았다. 유심히 보니 맨살 같은 나무줄기를 타고 투명한 빗물이 흘러내린다. 보기도 아까우리만큼 아름다웠다. 빗물이 나무줄기를 타고 위에서 아래로 흐르는 것은 당연한 이치이리라. 그런데 아주 섬세하고 미려하게 흘러내려 한동안 넋을 잃고 바라보다가 문득 이 아름다운 작은 물줄기의 수량을 측량해보고 싶다는 생각을 했다. 측량 도구는 하나도 없다. 측량 도구가 있을 리도 없다. 있는 것이라곤 내 몸뚱이와 우산 하나뿐이다. 신체 중에서 쓸 수 있는 것은 손밖에 없다. 엄지를 제외한 나머지 손가락을 붙인 다음, 손바닥을 줄기에 직각으로 대고 빗물이 손을 타고 흘러내리는 시간을 호흡수로 쟀다. 지금은 그때보다 손에 살이 빠져 어떨지 모르겠지만 당시에도 분명 호흡 두 번에 물이 넘쳤던 걸로 기억한다. 신록의 계절, 비는 생각보다 차가웠다.

모나델파노각나무를 처음 만난 곳은 시즈오카현 오이강에 있는 스마타 협곡의 산속이다. 솎아베기 작업을 하는데 마침 모나델파노각나무를 베려던 참이었다. 싹이 겨우 활동하기 시작하려는 봄은 아직 추운 계절이었다. 기계톱이 아니라 큰 도끼를 위아래로 휘두르며 베어나간다. 나무에 날이 닿을 때마다 찍힌 자리에서 물이 튄다. 물 튀는 소리를 내며 이리저리 튄다. 아직 싹은 나지 않았지만 나무는 계절을 정확히 알고 있어 이미 몸속에서 물을 쭉쭉 빨아 올리고 있다고 가르쳐줬다. 이 나무는 물이 많다고 한다. 잠깐 도끼질을 멈춰달라고 부탁한 뒤에 찍힌 부분을 들여다보니 물이 방울져 떨어지려 했다. 곧 베일 나무의 상처 난 곳에서 수액이 흘러나왔다.

떨어지는 물방울을 손끝으로 받아 맛을 보았다. 나무는 얼마 지나지 않아 계곡을 향해 쓰러졌다. 막 움트기 시작해 점점이 보이는, 얼마 되지 않은 초록빛 싹이 올라온 우듬지와 서 있는 모습이 우아했던 빨간 줄기를 나는 아쉬워했다. 그러자 안내인은 이 나무가 그렇게 마음에 쏙 들었다면 마침 이 나무로 직접 만든 꽃꽂이 그릇이 있다며 선물로 보내주었다. 자연적으로 생긴 구멍을 살려 그저 나무줄기를 잘라다가 물받이만 넣은, 소박하지만 멋스러운 그릇이라 기뻤다. 이제 나무껍질은 붉은빛이 아니라 차분한 먹빛을 띠고 광택도 숨기고 있지만 감촉은 매끄럽다. 야생 식물을 꽂아놓으면 뭐든 잘 어울린다.

나에게 모나델파노각나무는 물과 인연이 있는 나무라고 할 수 있다. 수성(水性)인 것일까.

아베 고개에서

　시즈오카현과 야마나시현의 경계에 있는 아베 고개에 단풍나무 단순림이 있다는 말을 우연히 지역의 자연보호과 직원에게 들었다. 곧바로 데려가달라고 부탁했다. 신록은 어느 나무나 예쁘지만 단풍나무 가지의 새싹은 특히 아름답다. 공원에 있는 두세 그루의 단풍나무조차 새싹이 나면 나도 모르게 걸음을 멈추고 넋을 잃은 채 바라보는데 아베 고개의 단풍나무 단순림에서는 단풍나무가 일제히 새싹을 틔운다. 얼마나 흐뭇한 풍경일까 생각하니 눈이 호강할 기회를 외면하기가 어려웠다. 늙으면 욕심쟁이가 된다는 말은 사실이다. 꼭 데려가달라고 청하는 나의 약한 다릿심도, 부탁받은 상대방의 마음 씀씀이도 잘 알면서 무작정 단풍나무 숲에 새싹이 돋아난 모습을 보고 싶었다. 5월 연휴를 지나 자연보호과에서 연락이 왔다. 욕심이 실현되는 그날은 날씨도 더없이 청명해서 시즈오카로 향하는 차창 밖으로 보이는 신록마다 환한 금빛 테두리로 장식을 했다.

개중에는 꽃보다 신록이 좋다는 사람도 있다. 신선함과 상쾌함 때문일 것이다. 나는 둘 다 좋아하지만, 자세히 말하자면 꽃을 피우려는 꽃망울, 잎을 피우려는 신록에 가장 마음이 끌린다. 꽃망울에서 꽃이, 싹에서 잎이 되려 할 때 그들은 결코 재빨리 피거나 자라려고 하지 않는다. 꽃은 꽃잎을 서로 스쳐대며 피기 시작하고, 잎은 흔들거리며 피어난다. 조심성이 많다고도, 아니면 필사적으로 노력한다고도 해석할 수 있을 정도로 시간이 걸린다. 감나무 잎은 고개를 숙인 자세로 느릿느릿 피어나고, 양귀비꽃은 모자를 벗는 데도 시간이 한참 걸린다. 꽃과 잎이 생명을 시작하는 데에는 각각 정체기가 있지만 그 정체기를 지나면 감나무는 초록 잎을 기르고 양귀비는

109

붉은 꽃을 피워내며 성숙한다. 나는 꽃과 잎의 시작 혹은 탄생을 좋아한다. 그래서 신록이 피어나면 왠지 일단락된 듯한, 긴장을 늦춘 시각으로 보게 된다. 물론 아름다움에 넋을 잃고 바라보기는 하지만, 싹이었을 때는 지켜보던 시선이 신록일 때는 관망하는 시선이 되는데 거기에는 약간의 심적 거리가 있다.

이전부터 싹을 유독 좋아하긴 했지만 근래 수년간 그런 경향이 더욱 강해졌다. 아마 나이가 들면서 자연스레 생긴, 다음 세대로의 계속이나 새로운 탄생에 왠지 모를 희망이 마음속에서 작동하는 것 같다. 내가 꽃도 잎도 탄생 시기를 좋아하는 연유는 틀림없이 그런 은밀한 속마음에서 비롯되었을 것이다. 차창 밖으로 보이는 신록도 물론 기분을 상쾌하게 해주지만, 잎이 피기까지 아직 정체기에 있을 아베 고개 단풍나무 숲의 새싹이야말로 내가 정말 보고 싶은 것이었다.

시즈오카에서 차로 아베강을 따라 우메가시마로 향한다. 꾸불꾸불한 강을 따라 계속해서 산이 또 산이 나타난다. 모두 어린잎으로 뒤덮인 산이다. 시즈오카현에 산이 이토록 많았나 싶다. 강을 거슬러 올라가면 산이 나오는 것이야 일본 지형상 당연한 일이지만, 시즈오카현은 해안평야라는 이미지가 강하다. 여태껏 정반대로 알고 있었던 게 이상하다. 더욱이 연이어 나타나는 푸른 산 곳곳에 검은 지표면을 드러낸 붕괴 흔적이 있었다. 또 오래전에 붕괴된 것으로 보이는 두꺼운 방호벽을 설치한 곳도 있었는데 이곳 역시 검은 지표면이 노출되어 있었다. 아베강 유역에는 이토이가와-시즈오카 구조선(構造線)이 지나가고 있어 붕괴가 많이 발생한다고 한다. 이 점은 시즈오카현의 고민이다. 매년 발생하는 산악 지대 붕괴와 아베강 유역의 황폐화 때문에 중앙 정부와 협력하여 연간 십수억 엔의 막대한 비용을 투입하고 있지만 자연의 파괴력에 한번 걸려들면 방호도 복원도 소용없다고 들었다. 이런 참혹한 재해 이야기를 하는 동안에도 아베강의 널따란 강바닥 위를 가느다란 물줄기가 평온하게 흘러가고 있었다. 그런데 얼핏 평온해 보이는 강물의 수량이 적다는 점은 그곳이 벌써 파쇄대(破碎帶)라는 사실을 말해주는 것으로, 본래 있어야 할 수량이 강바닥 위를 흐르지 못하고 그 아래로 스며들어 지하로 흘러가기 때문이라고 한다. 그래서 아베강에는 댐을 건설할 수 없다. 우선 지반에 댐을 지탱할 만한 힘이 없고, 강물이 딴 데로 흐르기 때문에 손을 쓸 수가 없다고 한다.

자연은 대개 초목에 적당히 상냥하다. 나는 그 '자비'로운 면을 보는 데 익숙해져 긴장을 풀고 있었다는 사실을 깨닫고 긴장을 조였다. 강물이 전부 어딘가로 새어 나간다니 얼마나 무서운 일인가. 이 무서움을 기억할 필요가 있다.

우메가시마에서 더 올라간다. 내 다리는 미덥지 못하니 차로 올라갈 수 있는 가장 높은 곳까지 데려다주었다. 차에서 내렸을 때 일행 모두 소리 지르며 기뻐했다. 뜻밖의 행운 때문이다. 골짜기를 사이에 두고 바로 건너편에 참꽃이 솔송나무 등과 섞여 활짝 피어 있었다. 그곳에 참꽃 군락지가 있다는 사실은 그곳 지리에 환한 자연보호과 직원들도 몰랐다고 한다. 꽃의 수명이 짧아서 잎만 달린 계절과 잎이 지고 가지만 남은 계절에는 우리가 있는 쪽에서 군락지를 발견하기가 어려웠을 것으로 추측된다. 참꽃이라고 하는데, 꽃은 붉은빛도 주홍빛도 진주홍빛도 아니라 보랏빛이 약간 감도는 진분홍 같은, 복잡하지만 아름다운 빛깔을 띠고 있다. 요컨대 진달래를 말한다. 산등성이 주변의 암석 지대를 좋아해 그곳에서 자란다. 그런 척박한 토양에서 어떻게 그처럼 아름다운 빛깔과 형태의 꽃을 피워낼 수 있는지 의심스럽다. 높이가 5~6미터나 되고 꽃이 먼저 핀 다음, 잎이 나중에 나온다. 그래서 우리 쪽에서 보면 무거운 초록빛 침엽수 사이로 꽃이 떠 있는 것처럼 걸려 있어 요염하다. 질리지도 않고 계속 보고 있노라니 일말의 쓸쓸함을 수반하고 있음을 알게 된다. 산에 피는 꽃의 특징일까. 더욱더 아리따운 꽃이라고 기뻐하며 눈이 호강한다면서 산신에게 거듭 고마움을 표했다.

이윽고 목적지인 아베 고개에 도착했다. 그런데 이것이 여행의 재미였다. 싹이 트려면 며칠 더 기다려야 해서 단풍나무의 신록을 보려던 계획이 틀어졌다. 단풍나무는 아직도 알몸으로 서 있었다. 다만 아베 고개에 오기까지 도중에 싹이 얼마나 돋아났는지 차례차례 보면서 왔기에 어느 정도 예상은 하고 있었다. 아래에서는 벌써 어린잎이 손을 내밀고 있었는데 중간쯤 올라오니 잎이 조심스레 살짝 피어난 모습을 보여줬고, 아베 고개 바로 직전에서는 숨어 버렸다. 한마디로 깜짝 놀란 계획 불발이 아니라 조금씩 받아들인 계획 불발이었다.

단순림을 이루는 단풍나무는 시라사와눔 단풍이라는 일본 고유종으로, 평지에 큰 나무와 중간 크기의 나무가 섞여 있는 구획은 단순림이라 그런지 일종의 풍취가 느껴졌다. 큰 나무의 수령으로 미루어 볼 때 숲은 적어도 300년은 되었을 것이다. 한적한 분위기가 감돌았고, 숲에 들어가니 어느새 편하게 놀러 온 기분이 들었다. 지형 때문에 그럴 수도 있고, 나무의 외관이나 배치 때문에 그럴 수도 있다. 어쩌면 단풍나무라는 수종의 성질이 그런 걸지도 모르겠다. 사람의 마음을 평안하게 해주는 숲 같았다.

기세와 망설임이 섞인 신록의 탄생을 보려 했지만 뜻밖에도 알몸의 나무를 바라보는 형편이 되었는데 그게 진정한 순서인지도 모르겠다. 알몸의 나무에 싹이 돋고 나뭇잎이 달리고 꽃이 피고 열매를 맺고 저마다 맡은 임무 하나하나를 끝낸 뒤에 불타는 빨강으로 물들인 뒤 떨어져 사라진다. 알몸부터 보는 게 순서인 듯싶다. 보려는 의지를 가지고 단풍나무의 알몸을 본 것은 이번이 처음이었다. 나는 단풍나무를 여성이 좋아하는 나무라고 생각한다. 거목인데도 알몸을 보면 어딘가 여성스러움과 부드러움이 있다. 위를 쳐다보니 큰 가지와 작은 가지가 쾌청한 하늘에 불규칙하고 섬세한 그물코를 만들고 있어 화려하다. 가을에는 저 상태에 화려한 의상을 걸칠 정도이니 알몸에 품격이 있어도 이상하지 않을 것이다. 어쨌든 알몸도 화려해 미적 감각이 좋은 나무였다.

숲을 빠져나오자 그곳은 시즈오카현의 경계였고 그 너머는 야마나시현이었다. 그야말로 접경 지역이라는 생각이 들게 하는 넓고 커다란 바람이 아래에서 올라왔다. 단풍나무는 그곳을 끝으로 그 너머에는 없었다. 왔던 길을 되돌아 귀로에 올랐다. 가슴에 희미한 근심이 있었다. 숲 아래에 무성한 얼룩조릿대 때문이었다. 얼룩조릿대가 자라서 지면을 빽빽이 뒤덮으면 단풍나무가 아무리 씨앗을 많이 퍼뜨려도 새로운 싹이 자라지 않는다고 한다. 조릿대가 어린 나무의 머리 위를 짓누르고 있어 햇빛을 가로막기 때문이다. 그 말을 듣고 보니 과연 숲은 큰 나무와 중간 크기의 나무들뿐이고 어린 나무는 적었다.

그럼 조릿대를 모조리 다 없애버리면 되지 않겠냐며 입을 삐죽 내밀자, "그런데 그게 쉽지가 않아요"라고 한다. 어쩌면 그것이 자연의 법칙이자, 거역하기 어려운 흐름일지도 모르겠지만, 나이 든 여자의 입장에서는 쓸쓸하다. 올해나 내년 중에 이 숲이 바뀐 모습을 보여주기 시작할 거란 말은 아니지만 나는 쓸쓸했다.

다음 날 일본의 3대 산사태 지역 중 하나인 오야쿠즈레 현장으로 안내를 받았다. 도대체 이런 산이 어디 있을까, 떡 버티고 선 산줄기의 너른 능선에서 산기슭에 걸쳐 한 면이 와르르 무너져 내린 흔적이 보인다. 얼마나 오래전부터 무너져 내렸는지 지금도 가까이 가보면 끊임없이 소리가 들리고 흙과 돌덩이가 떨어지는데 그래도 요즘은 상당히 잠잠해졌다고 한다. 산 중턱 아래 한쪽에 무언가가 자라는 곳도 있다는 사실은 근래에 안정되었음을 보여주는 증거와도 같다. 나무는 강한 생물일까, 약한 생물일까? 현재 아직도 붕괴가 진행 중인 땅이더라도 씨앗만 있으면 살아간다. 하지만 조릿대가 무성하면 수십 년 뒤에는 다 죽어버린다. 그렇다고는 해도 여기서 보

는 한(수종은 잘 몰랐지만) 붕괴 지대에 뿌리를 내리려
는 나무는 씩씩한 것 같다. 그런 곳에 뿌리를 내린다
는 것은 씩씩함과는 아무런 상관이 없고, 학문적으
로는 그저 붕괴 지대에 적응 가능한 성질을 지닌 나
무라는 의미일 뿐이겠지만 나는 감정을 가지고 바라
보는 것이다.

이와 비슷한 사례는 아베강 변에도 많이 있었다.
모래가 섞인 돌투성이 강변에는 수유나무와 버드나
무가 빽빽이 우거져 있었다. 겨울은 춥고 여름은 타
는 듯 덥고, 강가인데도 건조하고 비가 내리면 곧바
로 침수되는 악조건에서 다른 수종보다 먼저 뿌리를
내린다. 그리고 일정한 번성을 누린 뒤에는 다른 나
무로 교체되기 때문에 시들어 떨어진 잎은 나중에
뿌리를 내린 식물의 비료가 된다. 자연 운행의 일환
이지만, 나는 수유나무가 불쌍해서 견딜 수 없었고,
요염한 진달래꽃과 함께 촌스러운 수유나무의 모습
을 눈 속에 담고 돌아선다.

서 있는 나무, 누워 있는 나무

나라에 살 때는 도편수인 니시오카 형제에게 이런 저런 이야기를 들을 수 있어 무척 행복했다. 그중에서 나무는 살아 있다는 이야기를 자주 들었던 것이 인상 깊다.

여기서 말하는 나무란 땅속에 뿌리를 내리고 서 있는 나무가 아니라 잘려서 목재로 쓰이는 나무를 가리킨다. 나무는 나무로서의 생명과 목재로서의 생명이 있는데 나무일 때가 첫 번째 생이라면 목재가 된 후에는 두 번째 생을 살아간다고 할 수 있다. 그래서 목재를 간단히 죽은 나무로 취급하는 인식은 이해의 깊이가 얕은 데서 비롯된다고 니시오카 씨는 말한다. 장인의 인식이다. 또 언젠가는 니시오카 씨의 동생이 와서 살아 있는 나무만 보지 말고 '나무가 죽은 것'도 봐달라고 한다. '나무가 죽은 것' 또한 목재를 가리키는데 '나무가 죽은 것'이라는 표현이 다소 난해하여 물어보니, 그는 죽은 나무와 '나무가 죽은 것' 둘 다 표현하기 나름인데 본인이 생각할 때 딱 부러지게 설명하기는 어렵지만 왠지 죽은 나무라는 표현은 조금 거리가 있다, 삭은 나무, 썩은 나무, 썩은 목재, 폐목재 등도 딱 들어맞는 표현은 아니다, 역시 '나무가 죽은 것'이라는 표현이 가장 정확하다고 한다. 평소 표현을 결코 집요하게 따지고 드는 사람이 아닌지라 그토록 강하게 주장한다는 건 상당히 심사숙고해서 내린 판단일 것으로 추측했다. 그가 보여준 것은 케케묵은 삼나무 목재, 소나무 목재, 편백나무 목재의 일부분이었는데 거의 문드러진 상태였다. 문드러졌지만 각각 본성을 잃지 않아서 소나무는 소나무, 삼나무는 삼나무 이렇게 확실히 분간할 수 있었다.

'나무가 죽은 것'과 죽은 나무, 그 차이를 포착할

수 없어 난처했다. 썩었다고 할 수는 없을 것 같다. 부패가 진행되는 동안 나무들이 축축하고 지저분한 상태를 거친 흔적은 없다. 삭았다는 표현은 그리 틀린 것 같지 않다. 그런데 삭았다고 하면 역시 지저분하고 음습한 느낌이 따른다. 하지만 이 목재들을 보면 지저분하고 음습한 느낌은 없고 청량감이 있다. 배치된 부서에서 아주 오랫동안 유용하게 쓰이다 언제 쓸모없어졌는지 모르게, 누구도 알아채지 못할 정도로 멀쩡해서 수명을 다해 죽는다는 의식도 없이 생명을 끝마친, 즉 죽음의 부정(不淨)이 없는 최후를 맞이한 나무를 그는 '나무가 죽은 것'이라 부르는 듯싶다. 이를테면 깨끗하고 고통 없는 자연사(自然死)적 성격을 내포하는 표현인 것이다. 그래서 죽음의 원인이 되는 나쁜 질병이나 재액 등 외부적 요인으로 아파하고 괴로워한 나무를 어쩌면 죽은 나무라고 부를 듯싶기도 하다. 그것은 도편수에게 들은 것이 아니고 내가 추측한 바여서 틀렸을 가능성도 있겠지만 어쨌든 장인의 식별이라 해야 할지, 이 도편수의 성품에서 비롯된 구별이라 해야 할지 모르겠으나 여하튼 독특한 단어 선택이 인상 깊게 남아 있다. 어법

상 맞는지 틀린지 모르겠지만 좀 전의 나무는 살아 있다는 말도 그렇고, 이 나무가 죽은 것도 그렇고 목재와 대비하여 이야기하는 목수 앞에서 오직 그 심정과 감각을 좇으려는 노력 이외엔 할 수 있는 행동이 아무것도 없었다.

"그런데 좀 더 다른 표현은 없어요? '나무가 죽은 것'이란 표현은 왠지 유치해요."

"음, 하지만 어쩔 수 없어. 그 말이 제일 정확한 것 같거든."

딱 부러진 대답이었다.

숲속에 있다 보면 쓰러져 죽은 나무를 한두 그루 정도는 만난다. 폭풍우 속에서 줄기가 비틀리는 바람에 쓰러져 죽은 나무도 있고, 수명을 다한 뒤 흔들하고 쓰러져 죽은 나무도 있다. 원인은 천차만별이겠지만, 사람의 손을 타지 않고 가만히 서 있는 나무는 모두 다 평안하고 여유롭고 아름답게 잠든 모습을 하고 있다. 그런 나무를 바라볼 때면 곧잘 나라에 있는 도편수를 회상한다. 그가 숲속에서 평안한 모습으로 이끼 옷을 입고 누워 있는 나무를 본다면 어떻게 말할까? 목재는 잘리기 전까지 땅속에 뿌리를 내리고 서 있던 나무이고, 쓰러져 죽은 나무도 본래는 뿌리를 내리고 서 있던 나무다. 하지만 숲속에 쓰러져 죽은 나무는 목재가 아니다. 어떤 표현을 택할지 그에게 묻고 싶다. 나는 숲속에 쓰러져 죽은 나무를 일컫는 호칭의 필요성을 깊이 절감하고 있었지만 딱 들어맞는 표현이 떠오르지 않았다. '쓰러져 죽은 나무'라는 표현은 직설적이어서 좋지만 좀 더 위로가 필요한 기분이 든다. 왜냐하면 쓰러져 죽은 나무에는 대체로 평안하고 청정한 분위기가 감돌고 있기 때문인지도 모르겠다. 하지만 그렇게 깨끗한 나무만 있을 리는 없다. 태풍이 지나간 통로에 일렬로 쭉 쓰러져 죽은 종비나무 숲을 본 적이 있는데, 끔찍하다 해야 할지 무섭다 해야 할지 모르겠지만 놀란 마음에 의기소침했던 기억이 있다. 지금보다 열 몇 살이나 젊은 그때도 충격을 받았기 때문에 그처럼 집단적으로 죽거나 다치는 일을 겪은 숲은 조금이라도 더 일찍 다시 한번 만날 필요가 있다고 생각했다. 벌써 끔찍하고 괴로운 장면은 외면하고 싶어 하는 나이가 되었기에 서둘렀다.

홋카이도 노쓰케반도의 도도와라에는 말라 죽은 분비나무 숲이 넓게 퍼져 있다는 이야기를 10여 년 전에 들은 적이 있다. 초여름 무렵, 해무가 짙어졌다 옅어졌다를 반복하는 가운데 뼈만 앙상한 채 우뚝 서 있는 고목에 엉겨 붙은 마른 소나무겨우살이가 이리저리 흔들리는 풍경을 견딜 수 있는 사람은 드물다고 글로 써서 알려준 사람이 있었다. 말만 들어도 상당히 마음의 준비가 필요한 풍경일 것 같다. 하지만 관점을 달리하면 그처럼 청정하게 설계된 묘지는 좀처럼 없기에, 어떤 연유로 일제히 죽음을 맞이했는지는 모르겠지만 분비나무는 더없이 만족하고 있을 것이고, 조문객 입장에서 보자면 어정쩡하지 않은 차라리 후련해지는 분위기일 수도 있을 것 같다. 하지만 홋카이도에 가도 노쓰케반도까지 가려면 거리가 꽤 먼 탓에 필요한 날짜를 헤아려보니 일정을 잡기 어려워 도도와라에는 가지 못한 채 시간을 보내고 있었다.

　그리고 올봄에 아오모리 분비나무를 연구하는 청년이 동행하고, 젊은 여자 친척이 옆에서 돌봐준다고 하여 오랫동안 마음에 두고 있었지만 가보지 못한 노쓰케로 떠났다.

하지만 반도의 뿌리 쪽, 여기서부터는 걸어서 이동한다는 주차장에서 저쪽이 도도와라라고 가리키는 방향을 보자마자 소식 없이 지낸 십수 년의 세월을 통감했다. 저 멀리 역광 속에서 말라 죽은 나무 몇 그루가 점점이 서 있는 모습이 보였다. 나무는 머리와 팔다리가 없는 토르소처럼 몸통만 남은 상태였다. 한없이 밝고 무사태평한 모습에 기가 찰 정도로 실망했다. 벼르고 별러 왔는데 택시에서 내리기도 전에 만남을 포기했다. 기사님은 안타까워하며 4~5년 전에만 왔어도 모습이 남아 있었을 거라면서 주차장 주위에 잔뜩 피어 있는 흑패모라도 따가라고 권한다. 아직 여정이 남았다며 거절하자, 기사님은 억지로 권하지는 않고 이 꽃을 신기해하는 사람이 많은데 흑패모는 바보 같은 꽃이라고 한다. 꽃은 모두 화려한 빛깔로 피어나는데 흑패모는 칙칙하고 시커먼 데다 고개 숙인 모습으로 피어난다며 웃는다. 나는 웃으면서도 말라 죽은 분비나무가 점차 무게도 바닷바람도 견뎌내지 못하고 잇따라 작은 나뭇가지를 잃고 큰 나뭇가지를 잃다 결국에는 무너져갔을 모습을 상상했다. 더구나 남아 있던 나무도 갑자기 늘어난 관광객의 시끄러운 소리에 두말 않고 흙으로의 귀환을 서두를 수밖에 없었을 거라 추측했다. 하지만 노쓰케가 관광지로 선전되지 않아도 이처럼 해풍이 불고 해무가 끼는 묘지는 언젠가 지금 보는 것처럼 아무것도 없이 밝고 투명한 공기만 남을 것이다. 그것도 나무의 마지막 한 형태라면 그걸로 괜찮으리라. 석별의 아쉬움만 남았다.

동행한 청년은 상냥하고 친절한데 아마 힘도 셀 것이다. 말수가 적지만 이것저것 적절히 가르쳐준다. 노쓰케에는 내 부탁으로 온 터라 내 기대와 달랐다고 해서 청년이 그걸 벌충할 필요는 없는데 마음을 써서 나가노현 다테시나에서 안쪽으로 들어간 시마가레산으로 안내해주었다. 여기도 수목이 집단 고사한 곳으로 유명하다. 정말 기묘하게도 산의 경사면에 상당히 규칙적인 폭의 가로줄 무늬를 그리며 일렬로 말라 죽어 있다. 수목이 말라 죽은 곳은 오랜 세월 비바람과 햇빛에 삭아서 뼈만 남은 줄기가 쫙 펼쳐져 회백색 줄무늬를 이루고, 살아 있는 곳은 잎이 무성한 나무가 생기 있는 진녹색 줄무늬를 이루고 있다. 회백색과 진녹색 층이 켜켜이 쌓여 있는 풍경이 이상하다.

어떤 약속을 했기에 마음을 한데 모아 가로줄을 만드는 걸까. 그곳 나무들 사이에 합의나 사정이 있는 것이겠지만 용케도 일정한 간격을 유지하며 일제히 집단적으로 목숨을 끊었다고 경탄한다.

도도와라에 집단 고사가 발생한 원인으로, 수위 상승 때문인지 지반이 내려앉았는지는 모르겠지만 바닷물 때문에 뿌리가 상해서 그렇다는 얘기도 있고, 세찬 해풍의 염분과 풍력 때문에 그렇다는 얘기 이외에도 여러 설이 있다. 왜 집단 고사 현상이 생기는 것일까? 나조차 초조해하며 집단 고사 현상의 원인을 궁금해하는데 전공자들의 심정이야 오죽할까. 하지만 전문가는 일반인과 다르게, 다시 말해 대개의 경우 일반인과 반대로 생각한다고 하니 뜻밖에 고사로 생긴 회백색 줄무늬를 느긋한 마음으로 바라볼지도 모르겠다. 자세히 보면 회백색 나무 아래에는, 저 키면 몇 년 정도 되었을지 아직 소년으로 보이는 어린 나무가 머릿수를 채우고 있었다. 부모가 일제히 죽은 뒤에 아이가 일제히 태어나는 완벽한 구조라니! 이 아이들이 자랐을 때 전례에 따라 역시 세대교체가 이루어지리라 생각하니 완벽하다고는 하지만 왠지 소름 끼친다. 나무의 생사란 참으로 무섭다는 생각을 피할 길이 없다. 하지만 어쨌든 눈앞의 어린 나무를 보니 안도감에 마음이 누그러진다.

여기서 점심시간을 가졌는데 밥 먹는 동안에도 줄무늬를 바라보다 나도 모르게 가로줄, 세로줄, 대각선에 대해 생각했다. 줄무늬에는 생과 사라는 두 종류의 가로줄 무늬가 있다. 살아 있는 나무들은 물론 세로로 선 채로 살아가지만, 죽은 나무들 또한 대부분 세로로 선 채 그대로 죽어 있다. 그런데 저절로 쓰러져 가로로 누워 있는 나무와 기울어 비스듬하게 걸쳐 있는 나무도 약간 있다. 회백색의 세로줄, 가로줄, 대각선으로 그려진 선묘화(線描畵)는 아름다우면서도 섬뜩해 보인다. 그 나무들도 언젠가 수십 년 후에는 모두 자연의 법칙에 따라 옆으로 쓰러져서 지금 있는 어린 나무의 번영 아래 불식되고 정화된다. 그렇게 믿으며 가볍게 인사하고 귀로에 올랐다.

그 이상의 줄무늬 속으로 들어가기란 아무리 믿음

직한 청년이 옆에서 도와준다 한들 겁이 나서 불가
능했고, 게다가 체력과 다릿심도 한계에 달했다. 청
년도 그 점을 헤아려 위로해주는 것인지, 4~5년 전
에도 여기에 온 적이 있어서 어느 정도 예상은 하고
왔지만 예상보다 고사가 훨씬 더 확대되어 놀랐다,
하지만 지금은 또 이렇게 크게 자란 어린 나무가 나
타나 안심했고 구원받았다고 했다. 숲을 걷는 사람
은 모두 같은 심정을 느끼는 듯한데 누구나 이렇게
말한다. "어린 나무는 희망이고, 새로 자란 나무는
구원이다." 나무의 죽음에 조금도 주눅 들지 않고 태
연스레 자발적으로 그에 관해 깊이 탐구하려는 강
인함을 지녔으면서도, 어린 나무의 번영에 위로받는
것이다.

느릿느릿 걷는 내게 청년은 하얀 꽃을 피운 발밑
의 작은 풀에 대해 알려준다. 그렇게 많이 가르쳐줘
도 외우는 속도보다 잊어버리는 속도가 빨라서 소용
없다고 하자 담담하게 알겠다며 그만둔다. 역시 하
나만 기억난다. 성엽초, 고산식물. 잎 모양이 빗살 같
고 바디와 비슷하게 생겨서 성엽초라 부른다. 바디
는 베틀의 부속품으로, 날실의 위치를 조정하고 씨

실을 칠 때 사용하는 물건이라고 사전에 적혀 있다.
'세로와 가로구나' 하고 재미있어했던 것이 기억의
계기가 되었다.

나무의 수상함

　작년 초여름, 우연히 시즈오카현의 오야쿠즈레라
부르는 거대한 붕괴 지대를 보고 큰 충격을 받았다.
더욱이 붕괴 지대에서 발원하는 아베강은 대처하기
까다로운 강이라는 이야기를 들었을 때 이루 말할
수 없이 쓸쓸하고 우울했다.

　이후 붕괴 지대와 황폐화된 지대에 마음이 끌려
가끔 후지산의 오사와쿠즈레, 난타이산의 산사태 지
역 등을 조금씩 보러 다니고 있다. 그 정도만 보아
도 붕괴 현장이 모두 저마다 다른 양상을 보이고 분
위기 또한 다르다는 사실을 알 수 있었다. 지금 한창

붕괴가 진행 중인 현장도 있고, 한창때를 지나 진정 기미를 보이는 현장이 있는가 하면, 잠시 활동을 멈추고 휴식 중인 현장도 있다. 공포로 가득한 붕괴 지대도 있고, 슬픔과 근심으로 뒤덮인 현장도 있다. 그런데 붕괴 지대에서 보이는 공통적인 특성은 대체로 애처로움인 듯싶다. 붕괴로 밀려 나온 커다란 바위가 급경사에서 내려오다 불가사의한 자연의 조화로 층층이 쌓인 채 위험하게 멈춰 있는 장소 바로 아래서 위를 쳐다보면 두려움에 덜덜 떨지만, 용기 내어 주위를 천천히 둘러보면 무겁게 층층이 쌓인 암석들은 부피가 큰 만큼 애처로움이 더욱더 진하게 배어 나오고 있음을 알 수 있다. 무시무시해도 그 저변에 깔린 정서는 애처로움이라고, 현재로서는 그렇게 생각한다.

그런 애처로움을 하나하나 만져나가는 동안, 퍼뜩 어느새 나무를 바라보는 마음이 이전과 많이 달라졌음을 깨닫고 깜짝 놀랐다. 나무를 만나고 나무에게서 감동을 받고 싶어 숲속을 걷게 된 것도 요 몇 년 사이의 일이다. 그 방면의 전문가에게 그때마다 적절한 지도를 받은 덕에 짧은 세월 동안 홋카이도의 가문비나무, 나가노현 기소의 편백나무, 야쿠섬 삼나무의 풍모 등 다양한 나무가 주는 감동을 만날 수 있었다. 그것은 마음의 때가 씻기면서, 마음속에 새로운 양분이 보급되는 기분이었다. 그래서 나무와 숲은 좋은 약인데 입에도 달다고 생각했다.

그런데 산지 붕괴와 하천 황폐화에 시선을 빼앗겨 있다가 문득 정신을 차려보니 나무와 숲이 근심을 드리운 걱정스러운 존재로 변해 있었다. 줄지어 무럭무럭 크는 삼나무 숲도 변함이 없고, 줄기가 쭉 뻗은 녹나무도 변함이 없다. 내리쬐는 햇빛, 불어오는 바람도 물론 변함이 없다. 하지만 그 어떤 나무를 봐도 왠지 진심으로 밝은 마음이 아니라 불안한 마음으로 보게 된다. 무의식중에 설마 이 경사면이 무너져 내리지는 않을지, 혹시 이 강둑이 깎여 떠내려가지는 않을지 걱정이 앞서기 때문이다. 붕괴가 일어나면 아름다운 숲도 단번에 잘려나가고, 홍수가 일어나면 강가의 소나무나 버드나무는 간단히 잘려나간다. 지형과 하류가 걱정되니 저절로 초록 식물의 생명이 걱정되는 것이리라.

그러는 동안 시간이 흘러 8월도 막바지가 되었다. 오야쿠즈레는 적어도 네 번은 보러 가야 한다고 생각했는데, 한여름에는 역시나 더위를 먹어 생각처럼 움직이지 못하고 체력이 회복되기를 기다리는 동안 여름도 벌써 뒷모습을 보이는 계절이 되고 말았다. 집이든 음식이든 옷이든 춘하추동, 사계절을 겪어봐야 그 전반을 알 수 있다. 하물며 산과 바다는 사계절의 변화 정도가 아니라 아침저녁으로, 맑은 날에도 비 오는 날에도 모습을 바꾸기 때문에 적어도 계절마다 한 번은 봐두어야 무슨 말을 할 수 있다. 8월 말은 여름도 내리막길로 접어드는 시기여서 괜스레 마음이 조급해져 가랑비가 내리는데도 집을 나섰다.

강을 따라 난 길을 올라갔다. 도시를 벗어나자 참억새 이삭이 반짝이고, 보랏빛 쑥부쟁이 꽃이 살짝살짝 얼굴을 드러내고, 활엽수 잎사귀는 초록빛이 바래 쓸쓸한 빛깔을 띠고 있었다. 풀은 벌써 가을을 맞이했는데 나무는 아직 여름의 흔적 속에 있었다. 비 때문에 산이며 강이 아슴푸레하게 보였다. 어쩌면 골짜기에서 안개가 피어오르고 있을지도 모르겠다. 전에 봤을 때와 비교하면 풍정(風情)이 꽤 다르다. 아베강은 강폭이 넓다. 그러나 강폭을 가득 채우고 있는 것은 모래와 돌이지, 강물이 아니다. 맑은 날, 돌은 하얗게 말라 오돌토돌해 보이고 강폭의 몇십분의 1 정도로 가늘고 작고 말라 있는데 오늘은 비 덕분에 돌도 물기를 머금었고 수량도 다소 늘어 유속이 눈에 띈다. 산은 산대로 계곡에 하얀 실 같은 물줄기를 흘려보내고 있었고, 몇 해 전 붕괴로 노출된 지면은 비에 젖어 새롭게 보였다.

오야에 도착했을 때, 붕괴된 경사면이 안개로 뒤덮여 하나도 보이지 않았다. 손끝이 빨개질 정도로 추웠지만, 안개의 움직임이 빨라서 어쩌면 안개가 지나가고 맑게 개는 순간이 올지도 몰라 다리를 달달 떨며 그 순간을 기다렸다.

안개는 산 중턱 부근에서부터 걷히기 시작했는데 안개가 걷힐수록 전에 봤을 때보다 붕괴된 경사면이 눈에 띄게 줄어 있어 깜짝 놀랐다. 설마 그 짧은 세월에 그렇게나 갑자기 산이 줄어들 정도로 무너져 내리지는 않았을 것이다. 그렇다면 그 당시 내 눈이 몹시 이상했던 걸까. 어쨌든 저번에 붕괴 지대를 봤을 때 받은 인상과 지금을 비교해보면 면적 차이가 펑장히 컸다. 산에 홀린 게 아닐까 싶은 불길한 경계심도 살짝 발동한다. 그러나 아무리 눈을 씻고 봐도 붕괴 지대 면적이 줄어들었다. 저번에 봤을 때의 내 눈과 내가 받은 인상을 의심할 수밖에 없지만, 도무지 수긍하지 못하고 불만족스러워하는 동안 또다시 안개가 몰려와 산등성이며 붕괴 지대며 형태를 갖춘 것은 차례차례 뒤덮어 그저 흐릿하고 희뿌옇게 보일 뿐, 쓰고 있던 우산에 쏟아지는 빗발이 강해진 것만 확실했다. 붕괴란 그러한 수상함을 가지고 있는 것일까.

하지만 그것은 붕괴 지대가 이상해서가 아니라 수목 탓인 듯하다. 전에 왔을 때도 산 중턱 일부에는 벌써 나무가 있었는데 나뭇가지는 아직 알몸이라 멀리서 보기에는 흐릿하기만 하고 붕괴 지대 면적을 가리지는 않았다. 그러나 지금은 잎이 무성한 상태로 산의 표면에 솟아 있었다. 오히려 나무야말로 산의 면적을 좁아 보이게 만드는 수상함을 가지고 있다고 해야 할 것이다. 아니면 초록색이 부리는 요술일까. 지금까지 생각해본 적 없는 수목의 새로운 면을 알게 된 듯했다. 나무는 말도 하지 않고 걷지도 않는 조심성 많은 생물이지만, 친숙해지는 것만이 교제가 아니다. 땅을 가리는 존재, 면적을 속이는 존재로도 알고 있어야 한다. 살아서 생명이 있는 존재는 대개 어딘가, 무언가 옆에서는 전혀 생각지도 못하는 수상한 면을 가지고 있는 듯하다. 이번에 우연히 수목이 사람을 속이는 장면을 엿본 듯한 기분도 들었다. 이러니 적어도 1년에 네 번, 사계절의 변화를 아는 것이 일의 기초라 할 수 있다. 늦었지만 8월 말, 아직 여름이라 나뭇가지에 잎이 달려 있을 때 이곳에 올 수 있어 행운이었다. 잎이 진 후였다면 그 같은 나무와 땅의 관계를 못 보고 지나쳤을 것이다.

그런 생각을 하며 귀로에 오르는데 모래톱에 낮게 우거진 수유나무와 버드나무가 눈에 띈다. 이 나무도 전에는 둥글고 무성한 형태로 우거져 있었는데, 삐쩍 마른 버드나무는 이제 누레진 잎을 떨구기 시작했다. 이런 장소에 씨를 뿌리고 묘목을 심는 사람은 없을 테니 씨앗이 자연적으로 싹을 틔웠을 것이 확실한데, 키를 보니 4~5년 정도는 자란 듯하다. 그 말은 모래톱이 적어도 4~5년 이상은 평안하게 자리 잡고 있다는 뜻이며, 또한 이 강에 최근 4~5년간은

이 모래톱이 물살에 휩쓸려 떠내려갈 정도의 홍수가 발생하지 않았다는 뜻이 된다. 수유나무와 버드나무는 씩씩함과 개척 정신을 가지고 있다. 다른 초목보다 앞서 강변의 자갈밭이나 강 가운데 모래톱에 재빨리 뿌리를 내리고 살아간다. 영양이 부족한 땅에서 쑥쑥 자라 울창하게 우거진다. 하지만 울창하게 숲이 우거지면 그곳에는 다음 세대를 짊어질 다른 수종이 뿌리를 내려 세력을 확장하고, 먼저 살던 나무는 쇠퇴하여 애석하게도 선구자의 영광은 다음 세대의 거름이 되어 사라진다. 그러나 이 가랑비에 흠뻑 젖은 연노랑 버들잎의 사랑스러움은 어떠할까. 또한 돌멩이가 끝없이 펼쳐진 황량한 강변의 가느다란 버드나무를 그 얼마나 아름답게 돋보이게 해주고 있단 말인가.

그 후, 10월에 도야마현의 조간지강을 거슬러 올라가는 여행을 했다. 조간지강은 사방(砂防) 사업의 성지로 불릴 만큼 자주 범람하는 강이고, 발원지는 돈비야마산이라는 거대한 붕괴 지대다. 무너져 내리는 산과 사납게 날뛰는 강은 숙명적인 인연으로 얽

137

혀 있다. 조간지강을 거슬러 올라가기란 외부의 도움 없이는 도저히 불가능해서 국토교통부의 다테야마 사방 공사 사무소의 도움을 받아 어쨌든 3박 4일의 여행을 했다. 그중 1박은 상류에 있는 공사 사무소에서 묵었다. 그곳은 강기슭에 딱 하나밖에 없는 최첨단 사방 공사 사무소인데, 약간 넓은 평지가 있어서 기동차(汽動車)의 종점이기도 했다.

앞은 가파른 낭떠러지인데 까마득한 낭떠러지 아래는 말할 필요도 없이 급류가 바위에 부딪혀 하얗게 부서지고, 뒤는 높다란 절벽이 우뚝 솟아 있는데 가느다란 폭포가 절벽을 타고 곧게 떨어지고 있었다. 절벽은 오래전에 형성되었을 것이다. 그 일대를 지금 절정인 단풍이 알록달록 다채롭게 장식하고 있었다. 표고가 높은 한랭지에 적응할 수 있는 나무만 뿌리를 내려서 붉은색 단풍을 비롯해 노란색 단풍, 갈색 단풍, 주홍색 단풍이 어우러진 가운데 침엽의 진녹색도 적당히 섞여 있다. 수종은 다양하지만 모두 크게 자라지는 않고 표준 크기보다 작게 자라 분재 형태를 띠고 있었다. 절벽이라는 두려운 조건을 바탕으로, 절벽 위를 장식하는 단풍의 아름다움이란! 절로 탄식이 나오는 수려한 풍경이었다.

다음 날은 비가 내렸다. 절벽의 단풍은 비에 젖어 더더욱 선명했고, 어제 한 줄기로 떨어지던 폭포는 오늘 아침에 여러 줄기로 늘어나 하얗게 떨어지고 있었다. 나도 모르게 신음하며 아름답다고 감탄했다. 소장은 온화하게 웃으며, 아름답다고 감탄할 처지가 못 된다고 한다. 왜냐면 절벽에 내리는 비는 폭포를 이루든 지하로 스며들든 그 전부가 사무소가 있는 평지 아래 모여들 것으로 예상되기 때문이다. 자그마한 평지는 그 옛날 무너진 토사가 퇴적되어 형성된 곳이어서 약한 토양 아래로 다량의 물이 유입되면, 붕괴할 가능성이 없지 않으니 확실히 아름답기는 하지만 아름답다고 감탄할 처지가 못 된다는 것이다. 그러고는 아니다, 지금 무너져 내리는 일은 없을 거라며 웃는다. 그러나 놀리려고만 한 소리는 아니다. 본심이기도 하다. 이 평지도 몇 년 전까지는 지금보다 세 배나 넓어서 직원들의 복리 후생을 위한 두 개의 테니스 코트가 있었는데 눈이 녹아서인지 호우 때문인지 갑자기 깎여나가 그만큼 다량의 토사가 강으로 쏠려가는 바람에 지금은 흔적도 없다

는 이야기다. 내가 지금 서 있는 곳이 어떤 힘에 의
해 갑자기 붕괴되어 사라질 수도 있다는 생각을 하
며 발밑의 계곡을 내려다보니 섬뜩할 정도로 깊었
다. 뒤를 돌아보자 절벽의 단풍은 비단에 수를 놓은
것 같았다.

위험 지대를 수놓는 단풍의 아름다움은 각별했다.
위험성을 정확하고 자세히 알고 있는 사람이 옆에
있어 가르쳐주었기에 호들갑을 피우지는 않았지만,
만약 아무것도 몰랐다면 나는 역시나 호들갑스레 행
동했을 것이다. 나무는 역시 속이는 힘을 가지고 있
는 것일까.

삼나무

杉

테트라포드를 처음 봤을 때 강렬한 이끌림 때문에 발걸음을 멈췄다. 일행의 재촉으로 발길을 돌린 뒤에도 계속 더 보고 싶어 못 견뎌 했던 적이 있다. 장소는 니가타의 해안이었는데 아주 오래전 일이다. 어찌 된 영문인지 테트라포드를 잊을 수가 없어 지금도 이따금 떠올린다. 관련된 이야기나 일을 통해 테트라포드를 떠올리기도 하지만, 전혀 관련 없는 경우에도 문득 떠오른다. 무슨 이유로 그렇게 마음이 끌렸는지 전혀 짐작 가는 바가 없어서 그 이유가 번번이 신경 쓰였다. 처음 봐서 그런 거라고 결론지었다. 하지만 그랬다면 이후에도 세상의 발전과 더불어 이런저런 '처음'을 만날 때마다 감탄하고 번번이 떠올려야 마땅할 텐데, 그 '처음'은 차츰 평범한 일들이 되어 기억으로 되살아나는 경우는 적고, 돌이켜 생각하는 경우가 있어도 과거의 일로만 여긴다. 그러나 테트라포드는 선명하게 떠오른다. 처음 봤기 때문만은 아닌 것 같다. 어쩔 수 없이 '이상한 테트라포드'라는 범주 안에 넣어두었다.

테트라포드가 언제부터 어떻게 널리 사용되기 시작했는지 모르겠지만, 니가타에서 본 이후 여기저기서 만났다. 니가타의 테트라포드는 당연히 방파 혹은 호안(護岸), 요컨대 조수(潮水)에 따른 해변의 황폐화를 막으려고 설치한 것으로, 지금은 더욱 다양하게 쓰이며 도움을 주고 있다. 최근에는 후지산 기슭에 자리한 스소노 지역에서 보았다. 오사와쿠즈레에서 밀려 나오는 대량의 토사와 암석을 막는 데 쓰이는 테트라포드인데 그 형태, 규모, 조립 방식은 쓰이는 장소의 정황에 따라 다양하다고 들었다. 테트라포드가 계속 진보하고 발달해왔다고 생각하니 감동스럽기까지 했다.

'화장지 교환'이라는 장사 방식이 있다. 폐신문을 새 화장지로 바꿔주는 방식으로, 금전 거래를 하지 않는 장사법이다. 그 점이 옛날의 폐품 장수나 고물 장수와는 다르다. 나도 폐신문은 화장지 교환 장수에게 내놓는다. 독특한 악센트로 외치는 장사꾼이 있는데 그 사람하고만 거래했다. 말수가 적은 사람으로, "이것뿐이에요? 여기, 화장지 받으세요"라는 말만 하곤 화장지로 교환해주고 가버린다. 작년 가을, 드물게도 그 사람은 "끈은 사모님이 묶는 겁니까?" 하고 신문지 다발을 가리키며 평소보다 몇 마디 더 덧붙였다. 그렇다고 대답하자, 그는 새 화장지를 두 개 더 놓고 가겠다고 했다. 신문을 더럽히지 않은 점, 접힌 부분을 서로 겹치게 쌓은 다음 끈으로 단단히 묶어놓은 점, 그렇게 해주면 트럭에 싣기가 아주 편해서 수고를 덜 수 있기 때문에 감사의 뜻으로 두 개를 더 주는 거라고 그는 설명했다. 사모님은 종이를 다룰 줄 안다고도 했다. 그 나이치고 힘이 좋다고도 했다. 끝으로 요즘 그렇게 꽉 묶을 수 있는 힘 좋은 여자는 드물다 하고 밖으로 나가서는 내놓은 폐신문 다발을 트럭 위로 휙휙 던지는데, 폐신문 다발은 손을 쓰지 않고도 아주 정확히 네모반듯하게 차곡차곡 쌓였고 트럭과 함께 흔들리면서도 무너져 내리는 일 없이 모퉁이를 돌아 떠났다. 그때 갑자기 술통을 떠올리고, 그와 관련해 또 삼나무 모양을 떠올리고, 그와 관련해 또 니가타의 테트라포드가 생각나서 "하아" 하고 10년 묵은 체증이 내리는 기분이 들었다. 이 일련의 연상은 모두 화장지 교환 장수의 트럭이 모퉁이를 돌 때 주르륵 떠오른 생각인데 집 뒷문에 서 있는 그 잠시 동안에 벌어진 일이었다.

전 시댁(지은이는 결혼 10년 만에 이혼했다 – 옮긴이)은 술 도매상을 했는데 광마다 거적을 덮어쓴 네 말들이 술통이 가지런히 쌓여 있었다. 화장지 교환 장수가 폐신문 다발을 휙휙 멋지게 던지던 모습과 폐신문 다발이 네모반듯하게 쌓여가는 모습을 보고 그때 기억이 자극받아 술통을 떠올리지 않았나 싶다. 쌓는다는 데서 삼나무 모양이라는 형상으로 생각이 닿아 테트라포드에 이르렀을 것이다. 하지만 니가타의 테트라포드는 쌓았다고 하기는 어렵고 너저분하게 늘어놓은 형상이었다.

요새 삼나무 모양이라고 해도 그 뜻이 통하는 경우가 적어졌다. 삼나무 모양이란 우뚝 솟은 삼나무처럼 윗부분은 뾰족하고 아랫부분은 넓게 만들어 안정적으로 쌓을 수 있는 모양을 일컫는다. 어릴 적 영전(靈前)에 과자를 올릴 때, 신전(神前)에 공물을 바칠 때, 손님에게 과자를 내놓을 때, 음식을 그릇에 담을 때, 장작이나 숯가마니를 쌓을 때 삼나무 모양으로 가지런히 쌓으라는 소리를 귀에 못이 박히도록 들었기 때문에 삼나무 모양이라는 말을 알고 있다. 장작은 양쪽에 버팀목을 대면 무너지지 않지만, 버팀목이 없을 때는 삼나무 모양으로 쌓으면 대체로 무너지지 않는다. 음식의 경우에는 된장무침이나 초무침을 담을 때 특히 혼났다. 무침을 담을 때는 가운데를 높이 단단하게 쌓은 다음에 담아야 한다. 초된장무침을 납작하게 담으면 요리 감각을 의심받아도 어쩔 수 없다는 심한 잔소리를 귀에 딱지가 앉도록 들었다.

하지만 술통은 삼나무 모양으로 쌓지 않는다. 중량이 나가기 때문에 튼튼한 지주가 있어 사각형으로 쌓아 올린다. 원통형 술통을 폭 얼마, 안길이 얼마,

높이 얼마 하는 식으로 차례차례 겹쳐 쌓는다. 그렇게 쌓다 보면 술통과 술통 사이에 틈이 생긴다. 자칫 잘못하면 아이가 그 틈 사이로 빠지는 경우가 있다. 넓은 창고 여기저기에 일정한 간격으로 술통을 쌓아놓았으니 동네 아이들에게는 숨바꼭질하기에 더없이 좋은 장소이고, 조금 큰 아이들은 그 위로 올라가 숨고 싶어 한다. 그리고 술래가 찾아낼 것 같으면 그 틈 사이로 숨는다. 부상은 없지만 좁아서 위로 올라가지 못한다. 어쩔 수 없이 도움을 요청하고 혼이 나서 돌아간다. 이것도 이제 옛 풍경이 되었지만, 그때 일을 연상한 이유는 아마 트럭의 흔들림 때문일 것이다. 내가 결혼한 무렵은 말에서 트럭으로 운송 수단이 말에서 트럭으로 슬슬 바뀌어가던 시대라서 가득 실은 술통을 그물로 덮은 뒤에 빠져나가는 트럭을 몇 번이고 얼마나 흥미롭게 배웅했는지 모르겠다. 글쓰기를 업으로 하는 친정에 있는 동안에는 전혀 몰랐던 광경이었다.

테트라포드에 대한 연상은 틀림없이 쌓는다는 데서 비롯되었을 것이다. 바로 전에 후지산 사방 사업

사무소에서 사방용 테트라포드 이야기를 듣고 여느 때처럼 니가타의 해안을 막 떠올렸기 때문일 것이다. 테트라포드를 연상한 이유는 수긍이 되지만, 왜 테트라포드가 이토록 오랫동안 내 마음속에 자리 잡고 있는지 의문이 다시 생긴 점은 어쩔 수 없다.

어쩌면 물건이라 할 만한 물건을 쌓아본 적이 없기 때문이 아닐까 싶기도 하다. 차곡차곡 쌓은 것은 세월과 나이뿐인데 그것은 내 의지로 쌓아온 것이 아니라는 쓸쓸함이 있다. 화장지 교환 장수에게 폐 신문을 잘 묶었다고 칭찬받았을 때까지는 좋았는데 어설피 트럭을 배웅한 탓에 연상이 일어나 왠지 묘하게 숙연해져서 앙금이 남았다.

매일매일, 하루하루라는 시간은 어떻게 안배되어 있을까.

그로부터 두 달 후, 범람하는 조간지강을 찍은 영상을 볼 수 있는 행운을 얻었다. 자주 범람하기로 소문난 강의 실제 범람 장면을 찍은 영상을 보는데 너무나 박력이 넘쳐 기가 막히기도 하고 감탄스럽기도 했다. 다 본 뒤에 정신을 차려보니 구체적인 지명이

나 장소는 전부 머릿속에서 날아갔다. 대략적인 내용만 선명하게 남아 있다.

그중에서 가장 감동적이었던 것은 삼나무였다. 지름 1미터의 오래된 큰 삼나무로, 강가에서 조금 안쪽으로 들어간 곳에 자라 있었다. 순조롭게 성장해 온 듯한 수려한 거목이었다. 너무 굵지도 가늘지도 않고 우듬지가 날렵하게 뻗어 있어 그야말로 삼나무의 표본이라 할 만한 용모를 가지고 있었다. 그런데 광분하는 격류가 자꾸 호안에 달려들더니 마침내 호안을 깎아냈다. 그러자 순식간에 격류는 호안을 넘어뜨렸고 얼마 안 있어 집어삼키고 말았다. 호안이 없어지자 물살은 더욱더 격해졌다. 주변의 모든 것이 쓰러지며 물속으로 빨려들어갔다. 격류에 휘말린 삼나무는 잠시 동안은 견뎠지만 몸을 곧게 세운 모습 그대로 쿠우웅! 하고 세찬 물살을 가르며 물속에 잠겨갔다. 삼나무라는 나무의 아름다움의 극치라 하고 싶었다.

삼나무는 일본에 옛날부터 있던 나무이고, 사람들에게 가장 도움이 되어준 나무다. 그래서 씨를 뿌려 키우고 꺾꽂이해서 키우고 접붙여 키우는 방법도 일본에서는 다른 나무들보다 더 일찍 시도되었다고 들었다. 그러나 그뿐만이 아니다. 우리의 선조들은 삼나무가 도움이 된다는 사실만 신경 쓰던 사람들이 아니다. 삼나무 모양이라는 말을, 형상을 계속 지켜온 사람들이다. 잃어버리고 싶지 않은 말이다. 잔소리쟁이 할멈이라고 미움받아도 상관없다. 나 혼자만이라도 그 말을 사방에 널리 퍼뜨려야겠다는 마음이 들었다.

니가타의 테트라포드에 대한 기억도 그 이유는 모르겠다. 화장지 교환 장수의 칭찬에서 비롯된 연상도 묘한 것이다. 영상을 통해 본 삼나무의 최후도 우연한 일이다. 재밌다, 이날과 그날의 관계가.

재

　작년 8월 12일 사쿠라섬에 갔다. 목적은 단 두 가지, 재와 토석류(土石流)를 보고 싶었다.

　사쿠라섬은 최근 몇 년간 화산 연기가 계속 피어오르고 있는데 화산재 피해로 골머리를 앓고 있다고 들었다. 화산재가 어떤 물질인지 도무지 알 수가 없었다. 실제를 잘 아는 믿을 만한 사람에게 듣기로는 코크스를 잘게 부순 물질이라고 한다. 화산재는 일반적으로 말하는 종이, 짚, 나무 등을 태우고 남은 가벼운 재와는 많이 다르다. 하지만 짚이나 나무를 태우고 남은 재도 이를테면 타고 남은 찌꺼기이고, 코

크스도 석탄이 타고 남은 찌꺼기이니 재라고 할 수
있다. 게다가 생각해보면 사쿠라섬의 재는 화산재
다. 화산이라는 가마솥 밑에 장작을 때고 있을 리는
없을 테니 그 모두가 광물이 타고 남은 찌꺼기이자
재이고, 재도 그 종류가 다양해서 재에 대한 관념을
짚재, 숯재부터 광물재까지 확장하면 될 것 같다.

그런 생각을 하자 괜히 재를 직접 한 번 보고 싶었
다. 그때 정말 매력적인 사진을 보았다. 나무도 풀도
인가(人家)도 없고 휑하니 넓은, 묘한 적막감이 감도
는 장소에 남자가 홀로 우산을 쓴 채 서 있는 사진이
었다. 비가 아니라 하늘에서 떨어지는 재를 우산으
로 막는 광경을 찍은 사진이었다. 사진을 보자 직접
가서 봐야만 수긍할 수 있을 듯싶었다.

토사류는 환상의 토사류로 불릴 만큼 그 실태는
사람들 눈에 잘 띄지 않는다고 한다. 토사류가 발생
하는 장소, 기상, 시간 등과 관계가 있겠지만, 토사
류를 실제로 보는 일은 거의 불가능하다고 한다. 그
런데 근래 사쿠라섬에서는 산지 침식의 심화로 토
사류가 상당히 빈번하게 발생하며 사람들에게 목격
되고 있다고 들었다. 어쩌면 토석류를 볼 수 있을 것

이고 설사 못 본다 해도 지나간 흔적은 볼 수 있을 것이다. 8월 12일은 오본(흔히 추석과 비슷하다고 여겨지는 일본의 명절 – 옮긴이)이어서 교통대란이었지만 때마침 몸 상태가 다소 좋아진 터라 기회를 놓칠 수가 없었다. 게다가 7일에는 홋카이도의 우스산이 삼십 몇 년 만에 갑자기 폭발해 화산 연기가 1만 2,000미터까지 치솟고 엄청난 화산재가 쏟아지며 재해가 발생했다. 사쿠라섬에 갈 준비를 하던 중 우스산 관련 뉴스를 접했기 때문에 망설임 같은 이상한 감정이 들어 사쿠라섬과 우스산의 재가 모두 같은 재일까 그런 생각을 하며 멍하니 있었다.

배에서 내리자 곧바로 재가 눈에 띄었다. 콘크리트 길 양쪽 도랑에 바람에 날려온 재가 쌓여 있었다. 빛깔은 회색이 아닌 검은색이었다. 약간 갈색빛이 돌기도 하고 쥐색빛이 돌기도 하는 검은색이었다. 검정 모래라고 하면 될까. 무게도 모래랑 비슷한지 바람에 날려 쌓여 있는 상태를 보더라도 가벼워 보이지는 않는다. 그러나 건물 계단 구석에 화산재가 쌓여 있는 모습을 보면, 무겁기는 해도 사람이 걸을 때 생기는 공기의 흔들림에 따라 움직일 정도의 가벼움인 듯하다. 하긴 작은 입자라서 신발 밑창에 붙어 오는 경우도 있을 것이다. 화산재는 독특한 물질이라며 특이해했다.

이 무거운 재가 매일 떨어진다고 한다. 심지어 낮 동안 수차례 떨어질 때도 있다고 한다. 연기를 뿜을 때마다 떨어지고, 떨어지는 장소도 그날, 그 시각의 풍향을 따른다. 정말 성가시기 짝이 없다! 자연현상인 터라 온다는 기별을 하고 오는 손님이 아니다. 별수 없이 참는 날이 계속되다 보니 요즘은 불평하는 것도 지쳤다고 한다. 재 때문에 섬의 특산품인 무와 귤 수확도 못 하게 되었다. 물적, 심적으로 고충이 이만저만이 아닐 것이라 생각하니 마음이 어두워진다. 무는 자라지 않고, 귤은 재가 닿으면 껍질이 쪼그라들어 찢어지므로 상품 가치가 없어진다. 분명 재에 귤껍질을 짓무르게 하는 유해 성분이 들어 있어 그럴 것이다. 그러나 흠집이 있어도 괜찮다며 사려는 사람들도 있다. 오랜 세월 인정받아온 맛 때문이다. 농가에서는 괜찮다는 고객의 말에 그만 울음을 터뜨린다고 한다.

그런 이야기를 듣자, 미안함이 들어 재로 뒤덮인

밭을 보여달라고 할 수가 없어 길가의 상아화로 눈길을 돌렸다. 이 나무는 밝은 초록색 잎에 새빨간 꽃이 총상꽃차례로 핀다. 시선을 끄는 남국의 나무다. 물론 여기서도 꽃을 피우고 있다. 다만 꽃이며 잎이 그을린 탓에 몹시 피곤한, 겨우 버티고 있는 모습이었다. 아마도 주변에 있는 모래 같은 재보다 훨씬 더 잘게 부서져 먼지가 된 재로 뒤덮여 있는 듯하다. 그 모습을 본 뒤에야 겨우 재라는 게 수긍이 갔고 화산재가 입힌 식물 피해를 짐작할 수 있었다. 화려한 꽃인 만큼, 재로 뒤덮여 생기를 잃은 상아화가 너무도 불쌍해서 무나 귤의 슬픔도 저절로 와닿았다. 식물은 도망칠 다리가 없고 막아낼 손이 없다. 떨어지면 떨어지는 대로 먼지 같은 재를 뒤집어쓴 채 가늘게 숨 쉬는 게 고작이다. 그때 또다시 재가 떨어진다. 늦가을부터 초겨울 사이에 내리는 비처럼 후드득 소리를 내며 재가 떨어진다. 재는 알갱이이기 때문이다. 하늘의 절반은 확산된 화산 연기로 살짝 뿌옇고, 나머지 절반은 하얀 구름 뒤로 햇살이 비치고 있다. 사람들은 신문이나 수건으로 머리를 가린 채 서둘러 걸어간다. 재 알갱이는 몹시 딱딱해서 눈에 자극적

154

이다. 과연 우산이 필요할 법도 하다. 재가 떨어지는 소리는 처음 들어봐서 그런지 뭐라 말하기 어렵지만 마음이 침울해지는 소리였다.

쓸쓸하다고 하면, 어느 노인의 술회는 인상적이다. 그 전날, 나는 침식과 붕괴가 극심한 골짜기를 둘러보며 토석류에 관한 이런저런 이야기를 듣고 자연의 힘에 완전히 압도되어 적잖이 민감해진 상태였기 때문일지도 모르겠다. 노인은 우스산 폭발이 머릿속에 계속 맴도는 듯, "똑같이 화산 폭발로 생긴 재해라서 얼마나 힘들고 괴로울지 잘 안다. 이런 말을 하는 건 조심스럽기도 하고 오해를 살 수도 있어 걱정되지만, 솔직히 말해서 우스산 사람들이 부럽다"라고 했다. 우스산은 분화와 동시에 그 소식이 전국에 보도되어 여러 방면의 원조가 신속히 마련되어 화산학 교수들이 지혜를 모으고 전국 방방곡곡에서 동정이 모였다. 하지만 그런 도움이 부럽다는 뜻이 아니다. 부러운 점은 분화 그 자체의 성질이다. 폭발한 그때는 확실히 큰 사건이었지만, 비교적 빨리 진정될 거라는 전망이 나오고 있다. 그것이 부럽다. 상당한 타격을 입더라도 일시적인 피해라면 인간은 오히려 용기를 낸다. 그러나 사쿠라섬처럼 화산 활동이 몇 년씩 이어지면 사람은 심신이 지친다. 그 점이 슬프고 부럽다고 한다. 노인의 입에서 이따금 나오는, 부럽다는 그 한마디의 슬픔에 나는 아무 대답도 하지 못하고 가만히 있었다. 직접 가서 보지 않으면 상상도 가지 않는 재의 중압이다.

사쿠라섬에 다녀온 지 두 달 후, 10월 중순 지나 우스산에 갔다. 우스산은 화산 활동이 멈추지 않았지만 위험한 시기는 넘겼는지 일단 진정된 듯했고, 마을도 대략적인 뒷정리가 끝나 료칸(일본의 전통 고급 숙박 시설-옮긴이)과 그 밖의 시설도 정상으로 회복되었다고 보도되고 있었다.

지토세 공항에서 교육장과 기사님이 기다리고 있었다. 한눈에도 두 사람은 의외다 싶을 정도로 밝은 분위기를 풍기고 있었다. 도저히 재해 지역 주민으로 보기 어려울 만큼 밝았다. 나도 모르게 그 이유를 물어보니, 자기들만이 아니라 지역민 모두가 화산 폭발 이전보다 오히려 더 활기차게 변했다고 한다. 뭐니 뭐니 해도 화산 폭발이라는 중대사를 공항 상태에 빠지는 일 없이, 한 명의 부상자도 없이, 유행병도 화재도 도난 소동도 없이 일단 씩씩하게 극복해냈다는 자신감과 안도감으로 재해 때문에 훌쩍이는 사람이 없고 사람들 모두 일하려는 의욕을 가지고 있다고 한다. 절로 흐뭇해지는 이야기였다. 하지만 자연히 사쿠라섬의 노인이 했던 이야기가 떠올랐다. 일시적인 재해라면 상당한 피해를 입어도 인간은 오히려 용기를 내겠지만, 이라고 했던 그 이야기 말이다. 심경이 복잡했다.

체류 시간이 짧아 공항에서 도야까지 가는 중에 분화 이야기, 피난 이야기, 응급 대책 이야기 등을 듣고, 우스산에 도착해서는 재와 경석(輕石), 이류(泥流)가 흐른 흔적과 화산 피해를 입은 삼림을 안내받는 식으로 순서를 정했다.

교육장의 배려로 지금 단풍이 절정이라는 산길 코스를 드라이브했다. 오늘과 내일이 절정인 단풍은 바람의 유혹에도 가지에 꼭 붙어서 나뭇가지를 아름답게 장식하고 있는데 햇빛을 받아 더없이 선명하게 보인다. 하지만 귀로 듣는 것은 몰려온 화산 연기가 하늘을 뒤덮으며 시커먼 밤처럼 도시를 암

흑으로 물들이더니 그대로 돌멩이가 섞인 엄청난 재가 쏟아졌다는 이야기다. 눈과 귀와 마음이 뒤섞였다가 떨어지고, 손은 메모용 연필을 쥐고 다리에는 그럴 필요가 없는데 힘이 들어가 개인적으로는 정말 알찬 드라이브였다. 그래서 더욱더 단풍의 아름다움이 몸에 사무쳤다. 내친김에 말하자면 울긋불긋한 단풍만큼 아름다운 이별 혹은 끝은 없으리라. 올해의 생명을 끝낼 무렵 저리도 화려하게 새로이 단장하고, 더군다나 망설임 하나 없이 슬그머니 머물던 곳을 떠나간다. 단풍이 떨어져 바닥에 쌓이면, 이것이 또 어디에 내려앉든 반드시 딱 그 자리에 보기 좋게 자리 잡으니 아름답다. 지저분한 소리를 해서 미안하지만, 생선 내장을 담는 나무통에 날아든 붉은 단풍잎도, 거름통 뚜껑에 내려앉아 쉬고 있던 노란 은행잎도 나는 보아서 알고 있다. 그런 곳에도 단풍은 우아하게 자리 잡고 있었다. 이렇게 아름다운 노년의 끝은 달리 없을 것이라며 매년 단풍을 넋 잃고 바라본다.

사쿠라섬의 재는 검은색에 까끌까끌하고 무거웠지만, 우스산의 재는 회백색에 매끌매끌하고 가볍고 손가락으로 비벼보면 부드러워서 화로의 재에 가깝다. 우스산의 재라면 나도 이의 없이 재라고 수긍할 수 있겠다. 하지만 역시 화로의 재보다는 무거운 느낌이 있고, 무거워서 그런지 약간 바슬바슬해서 정 없어 보였다. 폭발 후, 마을에는 재와 함께 다량의 크고 작은 경석이 쏟아져 내렸는데 이 재도 경석이 부서져 생긴 게 아니겠냐고 한다. 가고시마현의 시라스 대지는 그 옛날에 화산재가 퇴적되어 형성된 곳이라는 점, 또한 이번에 우스산 분화로 다량의 경석과 재가 쏟아지는 바람에 도야 호수의 물이 뿌옇게 탁해지고 호수 가장자리부터 안쪽까지 융단을 깔아 놓은 듯 물 위를 뒤덮은 경석 때문에 주민들이 대피할 때 쓰려던 배를 댈 수 없게 되었다는 점, 마찬가지로 1914년 사쿠라섬 분화 때도 경석이 해안을 뒤덮어 구조선을 댈 수 없었다는 이야기 등 이런저런 생각을 했다.

한 번 분화할 때 배출되는 물질의 양(量)은 상상이
가지 않을 정도로 막대하다. 도시와 도로가 깨끗이
치워졌다는 말은 당연히 재와 경석을 어딘가로 치
워버렸다는 뜻이다. 그곳으로 안내받았다. 언덕 기
슭의 기다란 공터에 재가 섞인 경석이 산더미처럼
쌓여 있었다. 손가락 한 마디 정도 크기의 경석부터
주먹만 한 것까지 있고, 어떤 것은 손에 쥐면 간단
히 부서지고 또 어떤 것은 단단하다. 옅은 악취를 풍
겼고 음침한 기운이 감돌았다. 경석이 쏟아질 때 어
떤 소리가 났을지 궁금했다. 긴박한 상황 속에서 소
리에 신경 쓸 겨를도 없었을 테고, 들렸다 해도 듣지
못하는 상태였을 거란 생각에 굳이 확인해보지는 않
았으나 다양한 소리 가운데 어떤 부류에 속하는 소
리였을지 궁금했다. 아마 소름 끼치는 소리였겠지
만, 자연이 하는 일이니 의외로 그렇게 무섭지 않은
소리였을 것 같다.

무서운 것은 소리도 없이 떨어졌을 재다. 산림 피
해가 그 사실을 보여준다. 산림을 뒤덮은 화산재는
당시의 상태 그대로였다.

화산재로 뒤덮인 나무는 몹시 참혹해서 보기도 괴

롭고 눈도 떼기 어려울 정도로 충격적인 상태였다.

도야 호수의 산림은 명확히 구분되어 있었다. 한쪽은 재를 피한 산으로, 침엽수와 활엽수가 뒤섞인 가운데 단풍이 곱게 물들어 있다. 그러나 다른 한쪽은 재를 뒤집어쓴 산으로, 온통 잿빛으로 높낮이가 없다. 산이 아니라 풀밭으로 착각할 정도로 높낮이가 없었다. 보통 멀리서 산을 보면 자라는 수종에 따라 봉긋 솟아 있다든가 들쭉날쭉하다든가 높낮이가 보이기 마련이지만, 재를 뒤집어쓴 산은 높낮이가 없어서 심심해 보였다. 뭔가를 뒤집어쓴다는 말은 높낮이가 불분명해진다는 것이고, 높낮이가 없다는 말은 생기가 없다는 것으로 이어지는 걸까, 문득 그런 생각이 들었다.

첫 번째 폭발은 8월 7일 아침에 일어났는데 다음 날인 8일에도 수차례 분화와 분연(噴煙)이 발생했기 때문에 숲의 나무는 이미 상당한 재를 뒤집어썼을 것이다. 그날 밤 비가 세차게 쏟아졌다. 게다가 열두 시 전에 발생한 또 한 번의 분화로 빗물과 섞여 콘크리트 반죽 상태가 된 재는 무거운 덩어리로 변해 이미 재를 뒤집어쓴 나무의 잎과 가지에 철썩 들러붙는다. 이것이 마르면 딱딱하게 굳는다. 재의 성질이 그렇다고 한다. 활엽수는 처음에 경석이 섞인 화산재를 뒤집어쓴 그날 바로 나뭇잎을 떨어뜨렸고, 이튿날째에는 콘크리트 반죽으로 변한 비를 맞고 8월 여름인데도 알몸이 되었다. 질식한 것이다. 잎을 떨어뜨리기 전에 끈적이는 재의 무게 때문에 가지가 부러지는 나무도 있었는데, 경사면에 자라던 나무는 줄기부터 부러지고 갈라져 태풍의 피해 양상과도 달랐다. 다친 나무들 사이에 우수(憂愁)가 서려 있어 얼른 그곳에서 빠져나가고 싶은 무서움이 몰려왔다. 살아 있는지 어떤지, 수종은 모르겠지만 하늘 높이 자란 거목이 부러진 많은 가지를 모두 지면을 향해 축 늘어뜨린 상태로, 주변 나무들이 서로 포개져 쓰러진 가운데 석양빛을 받으며 꼼짝 않고 서 있는 광경을 보면 가위에 눌린 것처럼 그저 우뚝 멈춰 선다.

무서운 것은 그뿐만이 아니다. 제철이 아닌데도 울창한 나무를 보면 왠지 섬뜩했다. 8월에 잎을 떨어뜨리고 곧바로 싹을 틔워 가을인데도 초록의 잎사귀를 지닌 단풍나무는 이상했다. 무성한 진초록 잎이 만든 그늘은 음기가 서려 까맣게 보인다. 가을에는 본디 빨갛고 노랗게 물들어 잎 자체도 환하고 주변도 환하게 돋보이게 해주는 활기찬 나무다. 그런데 지금은 붉고 환해야 할 나무가 멍청하게도 푸르다. 활엽수의 초록색은 여름이라면 싱그럽겠지만 가을에는 지겹다. 초록색 단풍나무 가지를 부정적으로 바라본 적은 여태껏 단 한 번도 없고 이번이 처음이었다.

그런데 생각해보면 정말이지 불쌍하다. 8월에 별안간 하늘에서 쏟아진 재를 맞고 나뭇잎이 떨어져 나갔을 때는 기절하는 심정이었으리라. 일주일 만에 겨우 싹을 틔웠을 때는 필사적이었을 것이다. 지금은 얼핏 별문제 없어 보이지만 아직도 푸른 이 잎을 앞으로 어떻게 처리해가라는 말이냐. 아마 이제 기력이 다해서 내년의 생명을 틔울 여력은 남아 있지 않을 것이다. 사람들은 모두 '초록색 잎의 가을'이라고 하면서, 식물의 생명력에 감탄하기도 한다. 하지만 사실 나무는 이미 피폐할 대로 피폐해져 위험한 상태에 빠진 것이 아닐까. 나무는 어떤 면에서는 분명 강인한 존재다. 하지만 재의 강력함을 어찌한단

말인가. 재가 단순히 재 상태로만 존재한다면 흘러
내린다든가 바람에 날린다든가 해서 어떻게든 벗어
날 길이 있다. 그러나 비를 만나면 끈기가 생기고 물
기가 마르면 굳어버리는 이단, 삼단의 구조다. 이 집
요한 힘 앞에 나무들은 지금 거의 패배한 듯 보이는
데 곧 눈의 계절이 오려고 한다. 활엽수가 우거진 산
은 참담했다. 말라 죽은 것처럼 보이는 갈라지고 부
러진 버들가지 중 단 하나의 가지 끝에만 가냘프게
연둣빛 어린잎이 달려 있어 슬펐다. 죽느냐 사느냐,
필사적인 가을이다.

침엽수도 비극적이었다. 산기슭에 자그마한 낙엽
송 숲이 있는데 언월도로 벤 것처럼 일제히 목이 잘
려 있었다. 기이한 감정이 드는 광경이었다. 목 없는
나무들이 주르르 늘어서 있다. 갑자기 콘크리트 반
죽 상태의 재를 뒤집어쓰는 바람에 부드러운 꼭대
기 부분은 말 한마디 못 하고 부러졌을 것이다. 근처
에 있던 사람은 부러지는 소리를 듣고는 무슨 소린
가 싶었다고 한다. 아침에 보니 목이 다 잘려 있었다
고 한다. 한밤중에 화산이 분화하고 폭우가 한창 쏟
아질 때 뚝뚝 목을 따는 소리가 났다는 말이 되는데

소름 끼치는 무대다. 이 나무는 곁순이 줄기가 되어 크겠지만 목재로서의 가치에는 흠이 생긴 셈이다.

산비탈의 낙엽송 숲은 더 참혹했다. 죄다 쓰러져 죽었다. 더구나 두 달이 지난 지금도 숲 전체가 연한 회색빛 재로 뒤덮여 있었다. 쓰러져 죽은 나무의 꼭대기 부분이 지면에 찰싹 달라붙어버렸다. 즉 나무 키 크기의 활처럼 휜 상태로 쓰러져 있었다. 나무줄기는 등뼈, 가지는 갈비뼈와 비슷해 공룡과 같은 거대한 고대 동물의 골격 모형과 비슷하다. 그런 나무가 한두 그루가 아니다. 층층이 겹쳐 있어 짜맞춘 듯 쓰러져 있다. 재를 뒤집어쓴 모습이 마치 백골 같다. 들판에 버려진 공룡 묘지 같았다. 낙엽송인데 어째서 동물을 떠올린 걸까. 애도하려고 잠시 멈춰 선 동안, 왠지 견딜 수 없이 마음이 황량해졌다. 안내해주던 교육장에게 물었다. 나무 옆에 좀 더 가까이 가보고 싶은데 비탈면이 무너지느냐고 말이다. 교육장은 살짝 무너져 내리기는 해도 올라갈 수는 있을 거라고 한다. 손을 잡아달라고 부탁해서 올라갔다. 사방에서 재가 연기처럼 피어올랐지만 계속 올라간다. 아래에서 쳐다보는 것보다 이렇게 동등한 위치에서,

바로 옆에서 보면 머리가 땅에 붙어 커다란 활 모양으로 휜 상태에서 강제로 죽음을 맞이한 불쌍함을 똑똑히 볼 수 있다. 그 불쌍함에 속이 상해서 일으켜 세워줄 요량으로 나뭇가지를 잡고 힘껏 끌어당겼다. 후드득 잿덩이가 떨어지고 매캐한 연기 때문에 재채기가 나온다. 일어나렴, 일어나보렴 하고 흔들어도 이미 굳어버린 낙엽송은 어찌해볼 도리 없는 허무함으로 움직이지 않는다. 교육장과 눈이 마주쳤다. 교육장도 나를 도와 끌어당겼다. 하지만 소용없었다. 갑자기 밤바람이 불면서 기온이 내려갔다. 감정에 내맡기고 어설프게 만진 탓에 손에 감촉이 남아 찜찜했다.'

연말에 부읍장이 보내준 그림엽서가 도착했다. 초등학생이 그린 우스산 그림이다. 어린이 특유의 개성 강한 그림으로, 특히 높다랗게 표현한 산 정상부는 누가 보더라도 분화구다. 분화 이전의 우스산 모습이다. 잘 그린 그림이었다. 엽서에는 "좋든 나쁘든 도야의 변화를 확인해주셨으면 하니" 내년 봄에 또 와달라고 적혀 있었다. 그렇다고 생각한다. '좋든 나쁘든'이다. 마을 사람들 위에도, 재투성이 산림 위에도 시곗바늘은 돌아가고 계절은 변해간다. 따뜻해지면 다시 한번 그곳에 가서 확인해보는 게 인간의 정일 것이다.

목재의 생명

몇 해 전, 이카루가의 고탑(古塔) 재건에 참여해 탑 공사의 도편수를 맡은 니시오카 일가와 가까워질 수 있었다. 아버지 나라미쓰 씨와 장남 쓰네카즈, 차남 나라지로 등 니시오카 일가 세 사람 모두 당탑(堂塔)과 고건축에서 유명한 도편수들이다. 고도의 특수 기능을 보유한 도편수들과 당탑도 건축도 하나도 모르는 나 사이에 대화의 균형이 맞을 리 없었지만 세 사람은 정중하고 친절하게 성실히 가르쳐주었고, 기회 있을 때마다 마음에 와닿는 좋은 이야기를 들려주었다.

세 사람은 같은 혈육이고 같은 길을 걸어온 사람들이었지만, 생김새도 다르고 사고방식과 성격도 제각각이어서 삼인삼색의 개성을 보여주었다. 그러나 때때로 표정과 마음의 움직임에서 미묘하게 닮은 부분이 보였는데, 특히 업무상 의견이 서로 일치할 때는 정말 똑 닮았다. 성격은 달라도 기능(技能)의 도착점은 하나밖에 없는 걸까 싶었다.

세 사람이 제일 처음 내게 가르쳐준 것은, 나무는 살아 있다는 이야기였다. 물론 세 사람이 한자리에서 가르쳐준 것은 아니다. 시간도 장소도 저마다 달랐지만, 세 사람 모두 내게 처음 들려준 말은 "나무는 살아 있다"였다. 목수가 말하는 '나무'란 땅속에 뿌리를 내리고 서 있는 나무가 아니다. 뿌리를 내리고 서 있는 나무로서의 생명을 끝낸 후의 '목재'를 가리킨다. 나는 초록색 잎이 달린 서 있는 나무를 살아 있는 나무라고 생각했지, 목재가 된 나무를 살아 있다고는 생각하지 않았다. 하지만 세 사람은, 나무는 뿌리를 내리고 서 있을 때의 생명과, 잘려서 목재가 된 이후의 생명 이렇게 두 번의 생명을 갖는다고 한다. 도편수들은 호류지(法隆寺) 대보수에 착수하며

169

1,200년 된 오래된 목재를 손으로 만져보고 두 팔로 안아도 보며 피부를 살펴 알고 있다. 그런 귀중한 경험과 신념으로 나무는 살아 있다고 주장하는 것이다. 호류지의 1,200년 된 오래된 목재를 대패로 한번 밀면 나무는 생기 있는 나뭇결과 윤기 있는 피부를 드러내며 향기를 풍긴다. 습기를 먹으면 부풀고, 건조하면 쪼그라든다. 그야말로 살아 있다는 증거가 아니겠느냐. 바람에 휘고 지진에도 비뚤어지지만 잘 견디고 원래대로 돌아간다. 이 또한 살아 있다는 증거가 아니겠느냐고 한다. 수긍되는 바가 있어 알 듯하기도 했고, 한편으론 결국 현장에서 이해해야 속 시원하게 다 알 수 있을 듯하기도 했다.

기회 있을 때마다 "나무는 살아 있다"고 몇 번이나 반복해서 배우고 듣는 동안 어렴풋이 "나무는 살아 있다"라는 이 한마디야말로 니시오카 씨가 목수의 마음가짐으로서 그 기본에 두고 있는 소중한 말이 아닐까 하고 깨달았다.

탑 건축이 진행되는 동안 나는 이카루가에 임시 거처를 마련했다. 그럴 필요는 없었지만 어쩌다 보니 지켜보고 싶은 마음이 들어서였다. 다행히 공사는 순조롭게 진행되어 세부적인 부분만 남겨두고 거의 완성된 상태였다. 머문 지도 어느덧 1년이 넘어 슬슬 도쿄로 돌아갈 생각을 하고 있었다. 그러던 어느 날, 쓰네카즈 씨의 동생인 나라지로 씨가 찾아왔다. 내 거처가 마침 나라지로 씨의 출근길 도중에 있었기 때문에 때때로 들러주었다. 조용한 사람으로, 이야기도 조용히 했지만 상냥하게 여태껏 해온 일들을 들려주었다. 그날은 찾아왔을 때부터 다소 분위기가 무거웠는데 얼마 지나지 않아 머뭇거리며 오늘 할 이야기는 왠지 꺼림칙해서 할지 말지 고민 중이라고 한다. 무슨 이야기냐고 물어보자, 그는 이렇게 말했다.

"나무가 죽은 것에 관한 이야기예요."

아무리 좋고 튼튼한 목재라도 나무에게는 나무의 수명이 있는지라 수명이 다하면 죽는다. 수명이 다해 죽은 나무의 모습에는 살아 있는 나무에는 없는 또 다른 고귀함과 평온함이 있어서 참을 수 없이 마음이 끌린다고 한다. 그러면서 괜찮다면 죽은 나무를 보여주고 싶단다. 살아 있는 나무만 보여주면 공평하지 못하므로 살았든 죽었든 나무는 훌륭하다는 사실을 알아주길 바라며, 나무가 죽은 것을 보면 무언가 도움이 될 것이라고 한다. 어찌나 속이 깊은지 나는 감동해서 고맙다는 말밖에 나오지 않았다.

다음 날 바로 보여주었다. 편백나무와 삼나무와 소나무였다. 한눈에 봐도 편백나무는 편백나무의, 삼나무는 삼나무의 자취를 남기고 수명을 다했음을 알 수 있었다. 살아서 도움을 주던 시절의 탄력과 힘을 깨끗이 지우고, 마음 편한 듯 진정되어 있어서 천명을 다한다는 것이 이런 안식의 분위기를 자아내는 게 아닐까 생각했다. 뭔지는 모르겠지만 안도감이나 아쉬움 같은 느낌이 들기도 했는데, 전혀 질척거리지 않는 질 좋은 감동이 있었다. 게다가 왠지 알 것 같은 기분이 들었다. 일찍이 니시오카 형제가 제일 처음 가르쳐준 "나무는 살아 있다"에 대한 답답함이 해소되었다. 이치에 맞지는 않지만 수명을 다한 나무를 보니 살아 있다는 느낌이 선명해졌다.

얼마 후, 나는 도쿄로 돌아갔다. 그리고 밀려 있던 이런저런 일에 쫓기는 동안 나이 탓인지 외출이 겁나고 걸음이 불안해지는 바람에 이카루가에는 오랫동안 연락하지 못했다.

그리고 지난 2월, 아침 신문에 실린 나라지로 씨의 부고 기사를 봤다. 심부전으로 작업 현장에서 쓰러져 손쓴 보람도 없이 별세한 듯했다. 무엇보다 먼저 떠오른 기억은 실물을 보여주며 나무의 마지막을 가르쳐주던 모습이다. 죽음에 관한 이야기라 꺼림칙해할 것 같다고 조심하면서도 "살아 있는 나무만 보여주고 죽은 모습을 가르쳐주지 않는 것은 공평하지 못하다"며 나무는 죽어도 살아도 감동적이라는 가르침, 한 번 봐두면 분명 소중한 자산이 될 거라는 조언 등은 잊지 못할 강렬한 인상으로 남아 있다. 나라지로 씨의 부고 기사 때문에 그 가르침을 떠올린 것은 아니고, 나라지로 씨 하면 항상 저절로 떠오르는 기억이었다. 감명 깊은 이야기를 듣는 것은 영원히 마르지 않는 복을 받은 셈이나 마찬가지다.

　나라지로 씨는 또 이런 한탄을 하기도 했다. 목수일은 오두막이든 집이든 만들어 늘려가기 때문에 얼핏 보기에 신불(神佛)의 가호를 받는 직업처럼 보이지만, 실은 전부 작게 줄여가는 직업이다. 나무는 자르고 깎고 파서 작게 만들고, 그 작업을 위해 사용하는 날붙이는 갈아서 작게 만들고, 날붙이를 갈면 숫

돌은 마모되고, 그 숫돌을 쓰는 목수 본인도 모르는 사이에 생명을 줄이고 있다. 그래서 내세가 행복한 직업이라고는 할 수 없다고 한다. 진심으로 그렇게 생각하는 면이 있는 듯해서 듣고 있는 쪽도 기운이 빠졌던 기억이 있다.

그런 소리를 하는 한편, 아주 배짱 두둑한 소리를 하기도 했다. 탑 공사 현장에는 아직 어려서 경험이 부족하고 탑을 조성하는 데 쓰일 거대한 목재를 처음 다뤄보는 젊은이도 있다. 그런 젊은이들에게도 차별 없이 일을 할당해주기 때문에 당사자인 젊은이로서는 기쁘기도 하면서 한편으론 불안하기도 한데 동료들 앞에서 물러설 수는 없는 노릇이라 잔뜩 긴장해서 굳어버린다. 그래도 어쨌든 도면을 따라 먹줄을 친다. 그다음으로 자르는 단계가 된다. 여기서 혹시 먹줄을 잘못 친 건 아닐까 하는 망설임이 생긴다. 처음부터 자신할 정도의 담력은 없어서 남들이 보기에도 안타까울 정도로 전전긍긍한다. 젊은 목수들 사이에는 '날을 넣으면 그날이 바로 제삿날'이라는 우스갯소리가 있다. 잘못 자르면 그걸로 끝이다, 이제 어찌할 도리가 없다는 의미다.

이런 장면을 마주하면 도편수들은 활짝 웃는 얼굴로 젊은 목수의 어깨를 툭 치며 한마디 한다.

"겁먹지 마, 실수하면 뒤는 내가 봐줄게."

나라지로 씨도 그랬다. 재빨리 이리저리 눈알을 굴려 눈으로만 양을 점검한 뒤 아주 활짝 웃으며 "실수하면 수습해줄게" 하고 큰소리쳤다. 젊은 목수는 살짝 고개 숙여 인사한 뒤 가까스로 톱을 댔다.

그 후에 나는 참지 못하고 나라지로 씨에게 물어봤다.

"먹줄을 정확히 쳤나요? 만약 정말로 잘못 자르면 저렇게 큰 목재를 어쩔 셈이에요? 변상할 거예요? 시공주랑 대화해볼 건가요?"

도편수는 웃었다. 두려워서 떨 때는 오히려 실수가 적은데 조금 숙달되었을 때는 제삿날이 될지도 모르겠다는 답이 돌아왔다. "목수는 매일매일 제삿날을 걱정하며 일을 한다"고 하는 어르신들도 있다는데 자른다는 작업은 신경에 영향을 주는 듯하다.

나라지로 씨는 미숙한 젊은이들이 두려워하는 이유를 금전적 손실 때문만은 아니라고 단정한다. 거대한 목재에 주눅이 들어 압도당하는 것이고, 거기에 자른다는 결정적인 작업이 더해지기 때문에 보통 감각을 지닌 젊은이라면 두려움이 생기는 게 당연하다고 한다. 거대한 목재는 수백 년의 세월에 걸친 그만한 위용을 갖추고 있다. 하지만 그저 젊은 목수를 압박하고만 있는 것은 아니다. 압박하면서 그와 동시에 젊은 목수의 담력과 기력을 키워주고 있다. 이것이 놓칠 수 없는 중요한 점이라고 설명한다. 그 증거로 한번 거대한 목재를 다뤄본 젊은이는 그만큼 정신이 안정된다고 한다. 나무는 알게 모르게 목수를 키워준다고, 나라지로 씨는 말하고 싶어 했다. 어지간히 나무에게 다정한 사람이었던 것 같다.

벚꽃과 버드나무

옛날에 스미다강 부근은 도쿄에서 벚꽃 명소로 손
꼽혔다. 나는 벚꽃이 핀 둑길 아래 자리 잡은 집에서
태어나 스무 살 때까지 살았다. 벚꽃의 아름다움을
알았을 때는 초등학교에 들어간 이후로, 그 무렵 스
미다강의 벚꽃은 분명 아름다웠다. 가지를 활짝 펼
친 굵은 벚나무가 줄지어 서 있고 꽃은 흐드러지게
만발했다. 하지만 동네 어른들은 전에는 이렇지 않
았다며 한숨지었다. 이제 나무의 기력이 쇠해 벚꽃
빛깔도 선명하지 않을뿐더러 해마다 말라 죽는 나무
가 생겨 이렇게 듬성듬성 이빨 빠진 듯한 가로수는

177

영 볼품이 없어서 벚꽃 명소라고 자랑도 못 할 지경이 되었다고 한다. 어린아이의 눈에는 충분히 만족할 만한 수준의 꽃이었지만 어른의 눈에는 이미 전성기가 지났다는 사실이 확실히 보였던 것이리라. 그렇더라도 매년 아이들은 벚꽃 아래서 그 나름대로 넋을 잃고 쳐다보며 기뻐 날뛰었다.

그런 환경에서 자란 때문인지 지금도 벚꽃이 피는 계절이 되면 마음이 들떠 텔레비전에서 전해주는 꽃소식에 귀를 쫑긋 세우고 벚꽃 아래로 가고 싶어 하지만 실제로는 못 나가는 일이 다반사다. 못 가면 못 가는 대로 근처 절에 있는 벚꽃나무 아니면 지나는 길에 있는 남의 집 벚꽃나무 아래 잠시 멈춰 서면 된다. 그것으로 마음이 가라앉는다. 올해도 4월이 되면 여기저기 나다닐 심산이었지만, 도저히 나가기가 귀찮아서 결국 역시 지나가는 길에 본 벚꽃을 올해 벚꽃과의 인연으로 삼았다. 빗속의 벚꽃이었다.

몇 해 전, 야마나시현 기타코마군의 신대(神代, 일본에서 천황 이전의 신이 지배했다는 시대 – 옮긴이) 벚나무라며 천연기념물로 지정된 노목의 벚꽃을 봤다. 수종은 올벚나무다. 보러 간 날이 때마침 꽃이 절정을 이

178

룬 가장 아름다운 날이라 행복했다. 신대 벚나무라 불릴 만큼 얼핏 보기에도 오래 묵은 느낌이 나는 거목으로, 밑동은 뭐라 표현하면 좋을지 모르겠지만 정말 벚나무가 맞는지 의심스러울 정도로 기묘한 모습이었다. 돌덩어리 같은 형태와 빛깔을 띠고 있었는데 혹 모양의 불룩한 돌기가 뒤얽혀 거칠고 음산해 보였다. 꽃은 모양도 곱고 빛깔도 고운 데다 꽃이 달린 모양새도 운치가 있어 아름다운데 한번 밑동으로 시선을 옮기고는 깜짝 놀라지 않을 수 없었다. 꽃은 올해 피어난 어린 생명인데 뿌리는 오랜 세월을 살아온 묵은 생명이다. 다소 충격적인 대비다. 울퉁불퉁한 돌덩어리 같은 뿌리가 저 높은 가지 끝에 가련하지만 고운 꽃을 피워내고 있다. 아름답다고도 믿음직하다고도 할 수 있으나 그것만으로는 마냥 들떠 있을 수 없는, '오래된 나무'의 온몸에서 흘러나오는 무서움을 감지한다. 흔히 메기나 장어 등 유달리 거대한 오래 묵은 물고기를 부를 때 영물이나 신령님 등 다소 경외를 표하는 호칭을 썼는데, 이 나무도 정말이지 오랜 세월을 살아온 영물이다.

고목의 뿌리와 밑동, 즉 지면에서 1미터 정도 올라

오는 부근 사이를 물끄러미 바라보고 있노라니 왠지 소름이 끼쳤다. 수종이 삼나무든 벚나무든 녹나무든 고목 밑동에 울퉁불퉁한 혹이 잔뜩 붙어 있는 모습을 자주 볼 수 있다. 왜 울퉁불퉁한 돌덩이처럼 변하는 걸까? 왜 지면에서 둥그런 원형의 모습, 다시 말해 나무의 본래 형태를 유지하지 못하는 걸까? 수령 200~300년 정도 되는 나무의 밑동은 깨끗하다. 입지 조건이 나쁜 곳에서 자란 나무를 보면 약간 변형된 부분도 있지만 신경 쓰일 정도는 아니다. 어쨌든 장수하는 나무의 울퉁불퉁한 밑동을 보면 나는 무릎을 꿇을 것 같아서 도망친다. 더욱이 울퉁불퉁한 밑동이 꼭대기에 은은한 아름다운 꽃을 피워내면 아름다움과 무서움의 협공을 만난 셈이어서 나는 가위에 눌린 것처럼 옴짝달싹하지 못한다. 신대 벚나무는 복잡한 위력을 지닌 벚나무라고 할 수 있다. 인상 깊은 벚꽃이었다. 이 벚꽃을 본 뒤부터 어린 나무에 핀 꽃을 보면 별 감흥이 없다.

벚나무는 꽃은 물론이고, 어린잎도 아름답다. 열매는 먹지 못해도 모양이 귀엽고 빨갛게 익는다. 여름은 초록색 잎사귀에 송충이가 있어서 곤란하지만, 가을은 단풍이 들어 낙엽 지는 풍경이 아름답다. 장점밖에 없는데 딱 하나, 균형이 맞지 않는다고 애석해하는 부분은 바로 지저분한 나무껍질이다. 속부터 지저분하다면야 어쩔 수 없다고 포기하겠지만, 바깥쪽 껍질만 벗겨내면 광택이 도는 연지 빛깔 피부에 특유의 비백(飛白) 무늬가 있는 기모노를 걸치고 있어 정말 안타까울 따름이다. 세공품 재료로 쓰일 정도로 아름다운 벚나무 껍질은 정말이지 저렇게 아름다운 꽃을 피워내는 나무가 몸에 걸칠 법한 기모노라 여겨지는 화려함을 가지고 있다. 그런데 사람들 눈에 띄는 맨겉껍질이 보기 흉하다. 어찌할 방법이 없냐고 식물 선생님에게 물어보니, 선생님은 그런 질문을 하는 사람은 여태껏 한 명도 없었다며 웃었다. 껍질이 깨끗한 것도 어릴 때뿐이고, 많은 가지에 꽃을 피우는 한창때가 되면 나무껍질에 요염한 빛은 없다. 나는 이것이 견딜 수 없이 안타깝다. 돌덩이 같은 뿌리와 지저분한 껍질 사이에 어딘가 연결되는 수수께끼가 있지는 않을까 싶은 것이다.

버드나무도 마음에 걸리는 나무 중 하나다. 도시인이 버드나무로 알고 있는 나무는 대부분 수양버들과 갯버들이다. 수양버들은 해자 주위나, 지역에 따라서는 도시의 길거리에서 볼 수 있다. 갯버들은 주로 꽃꽂이 재료로 유명하거나 또는 이상한 이름 때문에 유명해서 그런지 도시에서는 보기 어렵다. 내가 특히 눈에 띄어서 버드나무를 보기 시작한 때는 이미 일흔이 넘어서인데, 돌멩이만 잔뜩 굴러다니는 황폐한 강의 모래톱에 빽빽이 무성하게 자란 버드나무 가지에 움튼 새싹을 보고 감정이 심하게 요동쳤기 때문이다. 새싹이라 해도 아직 가지 끝에 연둣빛이 어렴풋이 보일 정도의 계절이었는데, 세찬 강물 소리와 다소 차가운 바람도 아랑곳하지 않고 버드나무 군락은 아주 씩씩하게 살아가고 있었다. 주위 상황에 기 눌리지 않고 강물과 바람에 맞서는 강인함이 있었다. 이미 사람 키의 곱절은 돼 보일 정도로 성장한 군락이어서 모래톱에 정착한 지도 몇 년은 지났을 것이다. 강물이 불면 잠길 테고 그러면 당연히 뿌리째 쓸려나가는 경우도 허다할 텐데 용케도 여태껏 무사히 버텨왔다 싶다. 어쨌든 선구자 격 식물이라 악조건에서도 살아가는 힘이 발군이라고 누군가 가르쳐주었다. 선구자라는 단어가 몸에 사무쳤다. 수양버들의 낭창낭창한 모습은 충분히 감상할 만한 가치가 있지만 황무지에 앞장서서 살아가는 씩씩함도 버드나무의 본성이었다. 이후 버드나무는 마음에 걸리는 나무가 되었다.

종전 직후의 일이다. 어느 하이쿠(17자로 표현되는 일본 고유의 짧은 시 – 옮긴이) 선생님이 해준 이야기다. 중국 어느 지역에 하이쿠를 짓는 지인이 있었는데 돌아가고 싶어도 돌아갈 수 없는 어려운 상황 속에서 버들개지를 읊은 하이쿠를 보내줬고 그 하이쿠를 읽고는 눈물을 쏟았다고 한다. 그 하이쿠는 "버들개지 어지러이 흩날리니……"로 시작되는 내용이었다. 지금은 워낙 오래전의 일이라 가장 중요한 마지막 다섯 글자를 잊어버렸지만 그 시절의 나는 버들개지라는 단어를 외우는 것만으로도 벅찼다. 고향을 그리워하는 슬픔이 절절히 느껴져 나도 타향의 버들개지 흩날리는 가운데 서 있는 것 같아서 슬펐던 기억이 난다. 지금도 그 하이쿠 주인이 어떤 사람이고, 중국의 버들개지가 어떤 것인지 모른다. 이것저것 모르는 것투성이지만 하이쿠에 등장하는 버들개지는 패전의 감정으로 내게 선명히 남아 있다.

버드나무는 선구식물(先驅植物)이라고 배우니 자연스레 선구자에 대한 감정이 솟아난다. 버드나무가 선구식물이라고 배운 뒤에 저절로 떠오르는 것이 앞서 말한 버들개지다. 맨 앞에서는 용맹하지만 우악스러운 무사가 버들개지를 흩날리며 춤을 추는 우아한 모습을 생각하면 버드나무는 더욱 나의 관심을 돋운다.

버드나무에 마음이 끌리는 동안 버드나무와 친척 관계인 포플러에 관한 이야기를 들었다. 일본은 수종이 풍부해서 누구도 포플러가 도움이 될 거라는 생각을 하지 않았는데, 성냥 산업이 호황을 누리면서 포플러를 중요하게 생각했다. 포플러는 성냥개비용 목재로 그 가치가 높다. 그래서 당시 포플러 개량을 시도해 우수한 성질의 포플러를 만들고 나무 심기에 효과를 거두고 있던 이탈리아에서 묘목을 사들여 곧바로 시험 재배를 했다. 포플러는 성장 속도가 무척 빠른 나무다. 묘목은 쑥쑥 자란다. 하지만 아무래도 새로운 시도라 기대와 불안 때문에 포플러의 성장을 실질적으로 돌보던 아직 젊었을 때의 O씨는 포플러에 정신이 팔려 해가 떠도 포플러, 달이 떠도 포플러 생각만 하면서 몸과 마음을 바쳐 일했다. 포플러에 일념을 불태우며 매일 진흙투성이가 되어 보냈던 것 같다. 그 노력에 보답하듯 포플러는 무럭무럭 성장했다. 그 성공으로 다음 단계에서 유지들이 소유하고 있는 산에 묘목을 심자 1년 동안은 쑥쑥 자랐는데 그 후에는 성장이 멈추고 쇠약해지더니 해충 피해를 입고 결국 쓰라린 결과를 안겨주었다. O씨가 얼마나 낙담했을지 짐작이 간다. 머나먼 외국에서 일본으로 건너온 포플러는, 좋은 조건이 갖춰진 모판에서는 순조롭게 성장했지만 실제 토양에 적응하지 못했던 듯싶다. 나중에 이런저런 이유가 밝혀졌는데 무엇보다도 포플러를 심기에 적합한 토양이 아니었던 점과 외래종 식물임에도 충분한 관리를 해주지 못했던 점, 즉 육성을 위한 일손이 부족했던 점과, 성냥 공업과 시대의 물결이 큰 원인이라고 할 수 있다. O씨가 포플러에 바친 청춘의 열정은 안쓰럽게도 좌절의 기록을 남겼다. 이런 일은 세상 어디에나 있을 법한 일로, 드문 경우는 아닐지

도 모르겠지만 상대가 말 못 하는 나무였다는 점 때
문에 한층 더 괴롭다.

하지만 O씨는 미련을 털어냈다. 포플러에게는 미
안하지만, 제 몸 돌보지 않고 오로지 일만 했던 젊은
날에는 후회가 없으며 돌이켜 생각해봐도 쾌감이 있
다고 말한다. 나는 바람에 흔들리는 포플러 잎사귀
를 마음속에 그려보며 상쾌한 실패도 있는 법이라고
감탄한다.

벚나무 노목이 동시에 가지고 있는 울퉁불퉁한 혹
과 고운 꽃 사이의 수수께끼도, 버드나무가 황무지
에 뿌리를 내리는 용맹함과 버들개지에 복잡하게 뒤
엉킨 정취의 관계도 언젠가는 이해하고 싶다는 생각
을 끊임없이 한다.

이 봄의 꽃

올봄은 감사한 봄이었다. 세 번이나 꽃구경을 할
수 있었다. 세 번이나 유심히 봤더니 눈 속에도 마음
속에도 벚꽃이 널리 한가득 퍼진 것 같아 만족스러
웠다.

첫 번째는 손주가 와서 잠깐 도쿄에 핀 벚꽃을 보
러 가자고 해서 가게 되었다. 그냥 곧바로 나갔다. 날
씨는 쾌청했고 시간은 열시가 조금 넘었다. 가까운
곳부터 가자기에 우선 지도리가후치(벚꽃 명소 중 하
나다. 수로를 따라 길게 펼쳐지는 벚꽃길이 아름답기로 유명하
다-옮긴이)에 갔다. 벚꽃의 짧은 일생 중 이날의 벚

꽃이 가장 볼 만하지 않을까 싶었다. 빛깔이 곱고 꽃
모양이 흐트러짐 없이 정돈되어 있어, 만개하여 절
정을 이룰 때까지 아직 좀 더 기다려야 하는 이를테
면 상승 기세를 담고 있는 산뜻한 꽃이다. 더욱이 지
도리가후치가 좋은 점은 수로를 사이에 두고 양쪽에
벚꽃이 피어 있다는 것이다. 우리가 있는 쪽은 벚나
무가 수로를 따라 길게 이어져 있지만, 건너편의 왕
궁 쪽은 이쪽저쪽에 모여 있거나 떨어져 있기도 하
고 높은 곳이나 물가 근처 등 변화를 주며 벚꽃이 피
어 있다. 머리 위와 건너편 이렇게 양쪽으로 벚꽃이
있어서 보는 즐거움에 깊이가 생긴다. 아름다운 풍
경이었다. 그런데 사람들이 많이 나와 있었다. 조심
하지 않으면 어깨를 부딪칠 정도로 혼잡해서 아쉬웠
지만 단박에 철수했다.

그리고 이치가야, 요쓰야를 돌아 기사님의 끊임없
는 권유 때문에 스미다강으로 갔다. 그곳은 내가 태
어나서 스무 살 때까지 살던 고향으로, 스미다강 제
방의 벚꽃은 잊을 수도 없이 눈에 선명하지만 대지
진과 전쟁을 치르며 벚나무는 다 없어지고 전후의
빠른 세태 변화에 따라 꽃도 제방도 강도 지금은 싹

바뀐 상태다. 몇 년 전에 혼자 살짝 왔을 때는 생육이 좋지 않은 어린 나무에 벚꽃이 고작 몇 송이 피어 있는 모습이 애처로워서 이후 옛날의 벚꽃을 떠올리는 일은 이제 그만두기로 하고 왔다. 물론 기사님이 스쳐 지나가는 손님의 심중을 알고 권하는 것은 아니다. 나 또한 지금 이 권유를 거절하면 앞으로 일부러 스미다강에 벚꽃을 보러 오는 일이 없을 것 같아서 기사님의 권유를 따랐다.

벚꽃은 예상한 것보다 나았는데 때마침 정오 무렵의 밝은 태양 빛을 반사하며 아무렇지도 않은 듯 피어 있었다. 그런 표정의 벚꽃은 처음 봤는데 인상 깊었다. 잠시 꽃을 보고 제방을 보고 강을 바라보다 퍼뜩 깨달았다. 내 기억 속의 배가 한 척도 없었다. 사람이 젓는 배, 다시 말해 노를 젓는 배가 없다. 작고 가벼워 날렵한 모양의 목조선이 시야에 들어오지 않았다. 그토록 많던 배가 언제 다 사라져버렸을까. 더 아래쪽의 선착장에는 분명 배가 남아 있겠지만 이 일대는 이제 없어져버린 걸까. 아무렇지도 않은 듯한 꽃을 보고 말문이 막히기도 했지만 배가 없는 쓸쓸함을 감추기도 어려워 부랴부랴 귀로에 올랐다.

떠난 지 57년이 되는 고향이었다.

　그다음 날도 날씨가 아주 좋았다. Y씨가 전화로
식물원의 벚꽃이 지금 절정이니 보러 가자고 했다.
벚꽃에 대해 가르쳐주려는 것이다. Y씨는 기회 있을
때마다 식물에 관해 가르쳐주는 고마운 사람이다.
나는 학문적 이야기를 들어도 그 내용을 소화할 만
한 능력이 없어서 가르쳐주는 처지에서는 답답할 텐
데 Y씨는 식물이라는 끈기가 필요한 길에 뜻을 두고
있는 사람이라서 딱딱한 이야기도 내 이해 수준에
맞게 풀어서, 인내심을 갖고 몇 번이고 들려준다.
　벚꽃 이야기를 듣는 것은 이번이 처음이다. 곧바
로 노트를 챙겨 외출했다. 어쨌든 실물 앞에서 이야
기를 듣는 터라 나는 분주했다. 걷는다, 듣는다, 꽃을
보고 가지를 보고 줄기를 보고 뿌리를 보며 이 나무
와 저 나무의 차이를 구별한다, 그사이 메모를 한다.
안경은 두 개가 필요하다. 나무 꼭대기를 쳐다볼 때
쓰는 안경과 평소에 쓰는 안경을 끊임없이 필요에
따라 바꿔 쓰지 않으면 전부 흐릿하게 보인다. 바빠
서 다른 데 신경 쓸 여유가 없어지는데 엉망이 되든

말든 떨어지지 않고 뒤따라간다. 얼추 이야기의 매듭이 지어지고 벚꽃 핀 나무의 꼭대기도 실컷 바라본 뒤에 마지막으로 들은 한마디가 강렬했다.

"오늘 이야기는 모두 잊어도 됩니다. 필요할 때는 또 이야기할게요. 다만 지금부터 보여줄 나무는 절대로 잊지 말아요."

두 시간에 걸쳐 가르쳐준 내용을 기억 못 하더라도 이 한 그루만은 꼭 기억해달라던 나무는 술벚나무(일본 자생종으로, 학명은 'Eupteleaceae'다 – 옮긴이)였다. 벚나무라는 이름이 붙어 있지만 벚나무는 아니므로 그 점을 잊지 말고 정확하게 기억하라고 주의를 줬다. 나무의 외관은 특별히 이렇다 할 특징도 없지만 꽃에는 특징이 있다. 꽃잎과 꽃받침이 없는 무피화라 꽃덮개가 없고 암홍색의 가느다란 실 모양 꽃술이 무수히 모여 다발을 이루고 있다. 술벚나무라는 이름은 그런 꽃 모양 때문에 붙여진 듯한데, '술'벚나무인 이유는 알겠지만 꽃의 빛깔과 모양을 볼 때 벚꽃으로 받아들이기는 어렵다. 여하튼 술벚나무만큼은 기억하라고 단단히 주의를 받으니 안개가 낀 뇌도 몇 분간은 활짝 개어 벚나무가 아니라 술벚나무

하고 소리 내어 외우면서 벚나무가 아닌데 술벚나무라는 혼동하기 쉬운 이름을 갖게 된 이 나무는 어떤 기분일까 하고 나도 모르게 쓸데없는 생각을 한다.

그날 밤, 낮에 적은 메모를 보충하다가 "어?" 하고 놀랐다. 첫 부분은 괜찮았지만 대부분 글자도 뜻도 불분명해서 기억을 아무리 끄집어 내 맞춰봐도 맥락을 부여하기가 어려웠다. 원시용과 근시용의 두 종류 안경을 바꿔 쓰는 번거로움, 발밑의 불안함, 이상해진 귀, 메모 능력 저하라는 생각이 들자 결론은 빠른 노화라는 한마디가 된다. 하지만 기다려달라, 아직 포기하기는 이르다, 술벚나무가 있다, 하나만 외우는 거라면 메모가 없어도 잊어버리지 않는다. 어릴 적부터 하나를 기억하는 능력은 날 때부터 하늘이 내려준 재능이라며 마음을 풀었다. 술벚나무와 왠지 인연이 있는 것 같아서 수긍이 갔다. Y씨는 어쩌면 나와의 인연을 생각해 술벚나무를 교재로 삼지 않았을까 하고 말이다.

몇 년 동안 생각만 하고 이루지 못한 일이 갑자기 일사천리로 끝날 때가 있다. 미하루의 폭포벚나무가 그것인데 올봄에 염원이 이루어져 보고 왔다. 이 오래된 벚나무는 매년 꽃 피는 계절이면 이런저런 잡지의 화보에 실리며 유명해진 커다란 홍수양벚나무다. 폭포벚나무라는 이름은 높고 낮게 드리운 가지에 벚꽃이 무리 지어 피어 있는 모습이 마치 암벽을 타고 떨어지는 폭포 줄기와 같다고 하여 붙여진 이름이라고 한다. 지역민은 온화하게 웃으며 각자 좋을 대로 생각하면 된다고 했다. 대범한 대답이라 나까지 마음이 풀어진다. 어쨌든 꽃 이야기니 자꾸 이러쿵저러쿵할 필요는 없다. 하지만 왜 폭포에 빗댔는지 한눈에 이해할 수 있었다. 세찬 폭포가 아니라 섬세한 하얀 실처럼 떨어지는 폭포 같았다. 꽃 모양은 조그맣고 단정하며 빛깔은 다소 진하다. 그래서 요염하게 아름답다. 몇백 년을 살아온 거목이라 밑동은 말할 것도 없이 굵고, 용암을 연상시키는 나무껍질은 울퉁불퉁 거칠거칠하다. 도무지 이 음산해 보이는 밑동이 저 아름다운 벚꽃과 너무 어울리지 않아 안타깝다. 하지만 줄기를 둘러싼 꽃 폭포는 역시 요염하게 아름답고 격조 높았다.

　오랫동안 이 나무를 보호하고 보존하는 데 힘써온

분이 이야기해주었다.

"이 나무는 저절로 몸이 불었다 줄었다 하는데 절묘하게 균형을 잡고 있는 건지도 모르겠어요."

나무가 살찐다는 말은 이의 없이 받아들일 수 있지만 야윈다는 말은 받아들이기 어렵다. 노목이 되면 자연히 가지가 말라붙어 떨어지거니와 껍질이 썩어 벗겨지기도 한다. 그럴 때 나무는 줄기가 가늘어져 여윈 것처럼 보인다. 걱정하다 보면 어느새 결손 부분이 시나브로 회복되어 여윈 기색이 사라지기 때문에 안도한다. 또한 때에 따라 줄기의 밑동, 단단한 바위 같은 부분에서 새 가지가 쏘옥 돋아나 싱싱하게 자란다. 몸통과 배에 해당하는 부근에서도 두꺼운 나무껍질을 뚫고 새 가지가 돋아난다. 그럴 때 나무 본체는 확실히 살찐 것처럼 보인다. 나무의 몸이 불었다 줄었다 하는 변화를 장기적으로 지켜본 결과, 장수란 절묘한 균형 위에 존재하는 것 같다고 한다. 오랫동안 계속 지켜보고 돌봐온 사람만이 가능한 관찰인데, 나무는 저절로 몸이 불었다 줄었다 하며 살아간다는 표현이 재미있다. 나도 밑동 부근에서 거친 나무껍질을 뚫고 자란 가늘고 연약한 어린 가지에 연둣빛 잎사귀가 달려 있는 모습을 보고 있었다. 어린 가지의 껍질은 매끈매끈했다.

관리인은 덧붙이기를, 폭포벚나무는 신기한 방식으로 살아가고 있는 것 같다고 한다. 나무는 선대를 비롯한 모두가 함께 모여 살아가고 있는 것 같단다. 인간 세계에서는 생각할 수 없는 일이지만, 할아버지의 할아버지의 할아버지의 할아버지, 그보다 훨씬 더 윗대 할아버지부터 현재의 아버지, 자식, 손자, 증손자, 증손자의 아들까지 모두 한 그루 안에 뒤섞여 살아가는 것 같다고 웃으면서 말한다. 나무를 자세히 보다 보면 아주 오래된 가지부터 차례로 올해 자란 어린 가지까지 다양한 연령층이 보이기 때문에 모두 함께 살아가고 있다는 식으로 생각하게 되고, 더 나아가 그 이상의 장수를 염원하게 된다고 한다. 증조할아버지부터 현손까지 8대가 서로 싸우지 않고 사이좋게 살아가면서 해마다 생명의 증표로 모양이 단정하고 빛깔이 짙은 꽃을 사람들에게 선사한다고 표현하면 될까. 이 사람은 분명 저 용암 같은 울퉁불퉁한 껍질 속에서 늙고 앙상한 모습이기는 하지만 얼굴에는 온화한 표정을 띤 채 말없이 손자, 증손, 현손을 지켜보는 증조할아버지의 모습을 발견한 것이 틀림없다. 나무와 사귈 수 있는 사람은 모두 상냥함을 지니고 있다.

소나무, 녹나무, 삼나무

松
楠
杉

노목을 보면서 걷는 방송이 있는데 출연해보겠냐
는 제안을 받았다. 나무를 보러 간다는 이야기에 바
로 마음이 들떴다. 두말없이 좋다고 했다. 도대체 어
떤 나무를 보게 될까 하는 만남의 기쁨이 앞서 방송
일이라는 귀찮음을 까맣게 잊었다. 요즘 그런 일이
많다. 이야기 중에 나에게 유리한 부분만 듣고 경솔
하게 대답한다. 나이를 먹으면 야위어 몸이 가벼워
지는데 마음속의 저울추도 가벼워지는지 멋대로 들
썩여 나도 곤란하다. 노화에는 이런저런 형태가 있
고, 저울추가 가벼워지는 형태도 있는 법이라고 생

각한다.

　보고 다닌 나무는 세 그루로 도쿄 에도가와의 절에 있는 소나무, 미에현 스즈카의 전원 속에 있는 녹나무, 후쿠시마현의 도로 옆 밭에 있는 삼나무다. 세 그루 모두 홀로 우뚝 솟은 거목이었다.

　이 중에 사람의 관리를 받는 나무는 에도가와에 있는 소나무로, 관리와 보호 수준도 보통 이상의 온갖 수단을 동원하는 대규모 작업이라고 들었다. 우선 흙과 물이다. 토양 그 자체의 활성을 향상시키기 위해 묵은 흙은 파내고 새 흙으로 교체해준다. 배수관을 배치하고 매립하여 급수 설비를 갖춰놓는다. 추측건대 귀찮은 작업이라 생각하겠지만 수목의 생명은 본디 흙, 물, 햇빛이라서 말하자면 근본적인 보호에 시간과 정성을 아낌없이 쏟고 있다고 할 수 있다.

　사람이 밑동을 밟아 훼손하지 않도록 울타리를 세워 길을 안내하고, 활짝 뻗은 나뭇가지에는 버팀목을 대서 도와준다. 물론 비료 주기, 계절마다 손질해주기, 해충 방제 작업 등은 말할 필요도 없을 것이다. 이러한 관리가 절 차원의 노력만으로 이루어지는 것인지, 공적 배려에 의한 것인지 그 부분은 빠뜨리고 못 들었지만 어느 쪽이든 소나무는 나무랄 데 없는 관리를 받아 무게 있는 평온하고 중후한 노후의 모습을 보여주었다.

돌아갈 시간이 되었을 때, 산문(山門)에서 뒤돌아보며 다시 아쉬워하다 문득 '아, 이 나무는 도시 속의 나무구나'라는 생각이 들었다. 그 옛날 이 소나무가 어렸을 때 이곳 에도가와 근처 역시 도시가 아니었을지도 모르겠지만, 세월이 지나 지금에 이르러 보면 이 소나무는 바닷가의 소나무도 아니고 들판의 소나무, 시골의 소나무도 아니라 오랫동안 도시에 주거해온 노송 같다. 그런 인상이 짙었다. 어딘지 온화한 정취가 보인다. 때때로 생각하는데, 도시에서 살아가는 나무는 들과 산에서 살아가는 나무와 비교할 때 어딘가 부드러운 분위기를 가지고 있다. 수만 번, 수십만 번 인간의 시선을 받으면서 저절로 나무는 사람과의 접점을 알게 되는 건 아닐까 하는 적잖이 이상한 생각을 해보기도 한다. 산에 있는 나무 중에도 제법 부드러운 모습을 한 나무가 있지만 역시 딱딱한 느낌이 있다.

　에도가와의 소나무가 시중받는 나무라고 한다면, 스즈카의 녹나무는 지금까지의 삶 가운데 전반부는 보호를 받고 이후는 전원 속에 홀로 우뚝 서서 자연을 견뎌낸 반반의 경력을 가지고 있다고 할 수 있겠다. 이 나무는 시작은 신사(神社) 경내에 있던 나무였다고 하니 그 당시는 어쨌든 신사 사람들이 보살펴줬을 것이다. 하지만 나중에 신사는 이름만 남고 현재 건물은 없다. 남은 것은 이 녹나무 한 그루뿐이라고 한다. 설마 경내에 이 녹나무만 있었을 리는 없고 다른 나무들은 아마 수명을 다하거나 손상되어 사라졌고, 어쩌면 정원수로 가치 있는 나무는 다른 곳으로 옮겨가 자취를 감췄을 가능성도 있다. 본체가 없어질 때는 주변의 풀을 비롯해 나무, 디딤돌에 이르기까지 각각의 운명을 바꾸면서 헤어진다. 그 가운데 이 녹나무만 남아 살아왔다. 선천적으로 강하기도 했고, 경내에서 보호를 받다가 논 가운데서 비바람을 맞는 환경 변화에도 씩씩하게 적응할 수 있었던 게 틀림없다. 여하튼 비바람을 견디며 수백 년간이나 살아남았다니 경사스러운 일이라며 쳐다봤다. 소나무와 달리 키가 크고 굵은 줄기에 수많은 가지가 달려 있어 그런지 잎이 조금 작아 보인다. 노목이라 그럴지도 모르겠다. 꼭대기 근처에 말라 죽은 가지도 눈에 띄지만, 말라 죽은 가지는 사람이 쳐주지 않아도 폭풍이 오면 자연스레 떨어져 나가고 나중에 새 가지도 나오니 걱정할 필요는 없다. 녹나무 잎에는 광택이 있어 바람에 반짝반짝 빛난다. 바람이 지나가면 떠들어댈 듯한 풍정(風情)이 물씬 난다. 녹나무는 표정이 많다.

바다는 가깝다. 녹나무는 논 가운데 있는데 동쪽으로 논이 끝나는 곳에 기차가 달리는 풍경이 보이고 그 철길을 넘어가면 바로 바다가 나온다고 한다. 그래서 옛날에 이 주변을 드나들던 배는 녹나무를 표지로 삼았다고 한다. 바닷사람들에게 도움이 되어온 나무다. 평탄한 해안으로 이어지는 평탄한 논 가운데에 이 나무는 높게 솟아 있다. 기분 좋은 나무다. 그렇게 생각하니 약간 걸리는 게 있다. 녹나무라는 점과 홀로 우뚝 서 있는 나무라는 점 때문에 말하고 싶어 입이 간질간질했다.

언젠가 식물에 대해 이것저것 가르쳐주는 선생님과 대화를 나누다가 도심 한복판에 홀로 우뚝 서 있는 거목이 멋지다고 했더니, 선생님은 멋지다고 생각하는 거야 본인의 자유지만 왜 홀로 서 있는지 생각해볼 필요가 있다며 나무랐다. 우선 그 나무는 무슨 나무였냐는 물음에 먼눈으로 봐서 잘 모르겠다고 답하자 선생님은 웃었다. 그럼 그건 어쩔 수 없다 치고 그 나무의 가지는 어떻게 생겼냐고 묻는다. 줄기는 굵고 짧은데 우산을 펼쳐놓은 듯 수려하게 뻗은 가지에 잎이 무성했다고 하자, 그런 나무는 풍경으로는 멋질 수도 있지만 목재로 쓰기에는 부적합하다고 한다. 나무줄기의 낮은 곳부터 가지가 많이 나와 있는 나무는 마디가 너무 많아서 목재로 쓰기에 부적합하다고 했다. 먼저 수종을 확인하고, 나무의 형태를 살펴본 다음 유용한지 어떤지를 생각해보고, 더 나아가 그 부근을 둘러보면서 같은 수종의 나무 그루터기가 있는지 없는지 주의를 기울이면 들판에 혼자 남은 이유가 짐작될 것이다. 좋은 나무, 좋은 목재를 일부러 한 그루만 남겨둘 리는 없다, 베어내는 품삯조차 아까워할 정도로 인간의 생활은 궁핍하니 야산에 혼자 남은 나무에 대한 평가가 절로 명확해진다 할 수 있다. 인간의 처지에서 보면 쓸모없고 가치 없는 나무이지만, 나무의 입장에서는 불운과 고난 끝에 겨우 얻은 노후의 평안이라는 것이다. 부디 혼자 남은 나무를 보고 멋지다 하는 말로 끝내지 말고 좀 더 세심하게 봐주길 바란다고 했다. 몸에 사무치는, 홀로 서 있는 노목에 관한 이야기였다.

또 하나는 녹나무라는 점이다. 지금은 고인이 된 어느 궁 목수에 관한 이야기인데, 녹나무는 목수에겐 방심할 수 없는 성가신 나무라며 결코 번듯한 건축물 근처에 심을 게 못 된다고 한다. 녹나무는 나뭇잎 개수가 많고 활엽수라서 낙엽의 양이 상당하다. 게다가 옆으로 넓게 퍼지고 위로 높게 자라는 나무여서 낙엽은 무신경하게 지붕 위로 떨어진다. 난처하게도 기와 사이사이까지 날아든다. 더구나 노송나무껍질을 엮어 만든 지붕인 경우에는 정말 참을 수가 없다. 낙엽이 지붕에 찰싹 들러붙어 쉬이 떨어지지 않기 때문이다. 다시 말해 녹나무 낙엽은 지붕에 물을 머금게 하는 역할을 한다. 게다가 좀체 썩지 않아서 더 난처하다. 그 어떤 번듯한 건축물이라도 지붕이 상하면 큰일이다. 매년 낙엽이 떨어지는 시기에는 바쁜 일손을 동원해 녹나무 아래의 지붕 위를 청소해야 한다. 얼마나 귀찮고 번거로운 나무냐며 싫어했다.

녹나무는 그런 성질이 있다. 녹나무 우듬지를 쳐다보니 때마침 늦여름의 석양빛에 반짝반짝 빛났고, 희미한 저녁 바람에도 나뭇잎이 팔랑팔랑 나부꼈다. 나무 전체가 아주 기분 좋아서 밝고 화려해 보이기까지 하다. 그 어디에도 애상이나 수심의 흔적은 없다. 그러나 역시 이 나무도 홀로 남은 나무라는 사실은 확실하고, 좋은 일들만 겪어오며 오랜 세월 살아오지는 않았을 것이다. 이별의 인사로 칭찬과 축복을 전하며 귀로에 올랐다.

'스기사와 마을의 큰 삼나무'로 불리는 삼나무를 보러 후쿠시마현 이와시로(지금의 니혼마쓰–옮긴이)에 갔다. 하늘 높이 자란 거목으로, 도중에 줄기가 두 갈래로 갈라지지만 양쪽 다 바싹 붙은 채 곧게 자라 있어 이 또한 홀로 우뚝 서 있는 나무인 셈이다. 수세가 왕성해 젊디젊었다. 하지만 밑동을 보니 나무 햇수가 오래되었다는 사실을 알 수 있다. 도착과 거의 동시에 천둥을 동반한 소나기가 쏟아졌다. 근처 인가에서 잠시 비를 피했다. 희뿌옇게 비가 쏟아졌다. 뭐라 말하면 좋을까. 퍼붓는 빗속에서 삼나무는 가지도 잎사귀도 한 점 흔들림 없고 움직임 없이 오래도록 태연한 모습으로 안정된 상태를 보였다. 대단했다. 관록이란 이런 것일까.

이윽고 비가 그치고 해가 떴다. 나는 조급한 마음에 곧바로 삼나무를 향해 갔다. 하지만 삼나무 아래에는 가지 못했다. 아직 비가 쏟아지고 있었기 때문이다. 다른 곳은 전부 비가 그쳐 햇살이 비치는데 삼나무 아래만은 바늘 같은 잎을 타고 끊임없이 떨어지는 굵은 빗방울 때문에 우산 없이는 서 있지 못할 정도였다. 거목이 얼마나 빗물을 많이 머금고 있는지 새삼 감탄했다. 조금 떨어진 곳에서 바라보니 그 모습 또한 정말 아름답고 예뻐서 그저 "아아!" 탄성을 터뜨렸다. 삼나무는 온몸의 초록빛을 빗방울로 치장하고, 석양빛은 빗방울을 반짝이게 하여 다이아몬드로 만들었다. 이렇게 화려한 삼나무를 볼 거라고는 꿈에도 생각지 못했다. 거대한 삼나무 노목이

다이아몬드 장신구로 치장한 모습을 보여주다니, 어디를 어떻게 누른들 내 빈약한 두뇌로는 도저히 떠올리지 못할 발상이다. 일부러 만나러 와주면 삼나무도 환대해준다. 소나기도 해님도 선물을 주신 것 같다.

그래서 나는 또다시 기쁨에 차서는 금세 마음속 저울추가 가벼워진 사실을 망각하고 들뜨는 바람에 이후의 방송 녹음은 정말 부끄럽게 진행되었다.

포플러

　행운과 불운은 어디에나 존재한다. 나무도 그것을
피할 수는 없다. 불운을 짊어지는 나무도 생겨나기
마련이다. 불운의 형태는 다양하다. 폭풍, 눈보라, 산
사태, 쓰나미, 화산재, 들불, 병충해 등으로 많은 나
무들이 동시에 같은 불운을 짊어진다. 그런가 하면
오직 홀로 겪는 불운도 있다. 나가노현에서 본 편백
나무는 돌출된 벼랑 위에서 자라고 있었다. 줄기를
보니 무릎 높이 정도 오는 곳에 직사각형의 구멍을
뚫고 철사를 꼬아 만든 줄을 감아 골짜기 아래로 연
결해놓았다. 주위를 살펴보니 무슨 공사를 위해 설

치한 듯했다. 튼튼한 밧줄을 설치해놓은 이상, 조만간 제법 중량이 나가는 물건을 골짜기 아래로 내려보낼 것 같았다. 너무 잔혹한 방식이다. 파낸 부위에는 계속 나뭇진이 눈물처럼 방울방울 맺혔다. 어느 정도의 행운과 불운을 겪는 일이야 어쩔 수 없다 해도 나무처럼 얌전하고 조용히 살아가는 존재가 왜 이렇게 끔찍한 일을 겪어야 하냐며 불평하고 한탄할 때가 있다.

포플러도 불운한 나무였던 것 같다. 포플러에 관한 이야기를 들은 지도 벌써 몇 년이 흘렀을까. 10년 가까이 흐른 것 같다. 그간 포플러를 취급해온 분에게서 포플러에 관한 이야기를 몇 번 정도 들은 적도 있어 매해 버들개지 흩날리는 계절이 되면 꼭 포플러를 떠올리곤 했는데 그때마다 왠지 우울해졌다. 분명 포플러의 불행이 나를 우울하게 만드는 거라고 생각했다. 하지만 그 영향 때문인지 가까이 다가가지도, 멀리 벗어나지도, 깡그리 잊지도 못한 채 목적지로 가는 길에 무탈하고 건강하게 살아가는 포플러를 발견하면 깜짝 놀라 눈을 떼지 못하고 기쁜 마음으로 바라본다. 포플러를 각별히 좋아하는 것도 아닌데 역시 인연이 있다는 뜻일까? 원래는 갯버들을 배울 요량으로 수목원에 있는 Y씨를 찾아간 터라 포플러는 생각지도 않았다. 생육 속도 이야기로 접어들자, Y씨의 이야기가 갯버들에서 포플러로 옮겨갔다. 포플러 이야기로 배움이 확장되었다고 해야 할지, 우리 가족 이야기에서 친척 이야기로 옮겨갔다고 해야 할지 모르겠지만 나는 가벼운 마음으로 들었다.

도쿄 대학에 I교수(당시 40대)가 있었는데, 1953년경에 유럽 여행을 갔다. 그 당시 일본은 패전 후 목재가 부족해 한창 어려움을 겪던 시절로, 국가를 비롯해 기업과 학자 등 식물 및 목재와 관련 있는 사람이라면 누구나 목재 증산 대책을 고심하던 시기다. 유럽 여행 중이던 I교수의 가슴속에도 분명 목재 증산 대책에 대한 관심이 자리 잡고 있었을 것이다. 그때 만난 나무가 이탈리아 포강 유역의 포플러 가로수였다. 감동받았다고 해야 할지, 매료되었다고 해야 할지 모르겠지만 속된 말로 홀딱 반해버린 만남이었던 것 같다고 들었다. 이탈리아의 포플러는 포강 유역뿐만 아니라 다른 곳에도 아주 멋지게 자라 있었다. I교수는 어떤 마음으로 강산이 피폐해진 조국과 이탈리아를 비교하게 되었을까. 이것이 이후 1980년대까지 이어지던 포플러 식재 열기의 발단이다. 포플러는 그전에 벌써 일본에 전해진 상태였다. 하지만 우량 수종이 많은 일본에서 포플러는 중요하게 대접받지 못한 나무였다. 이국적인 외관 때문에 간신히 하이칼라 취향의 젊은이들의 지지를 받는 정도였다.

　I교수는 포플러 묘목 몇 그루를 가지고 귀국했다. 그중 두 그루는 후지와라 긴지로(일본의 실업가이자 정치가─옮긴이) 저택의 텃밭에 심었는데 뿌리를 잘 내려 1년에 4미터나 자라 사람들을 놀라게 했다. 긴지로는 포플러의 빠른 성장세를 재빨리 관계자들에게 선보이는 한편 도쿄 대학의 I교수에게 묘목 증산을 권했고, I교수가 고이시카와 식물원 내에 있는 도쿄대 부속 수목연구소에 실제 작업 명령을 내린 그 순간부터 연구원의 업무는 일어나서 잠들 때까지 오직 포플러, 포플러에 관한 것뿐이었다. 어쨌든 나무는 생물이고 어린 묘목은 관리가 필요하고 계절에 따라 놀랄 만큼 성장하기 때문에 돌봐주는 인간 쪽에서

는 계속 뒤를 쫓아가야 한다. 더구나 묘목을 만들어 내는 것으로 끝나는 일도 아니다. 포플러의 성장도 관찰하여 기록하지 않으면 지금까지의 고역과 노력은 그저 자기만의 불확실한 기억에 불과하므로 유익하다고 하기는 어렵다. 그래서 조금이라도 정밀하게 기록해야겠다는 일념으로 성장이 가장 활발한 시기에는 하루에도 몇 번씩 자를 대고 얼마나 자랐는지 재는 등 정성을 들인다. 현장 사람들은 모두 그런다고 했다. 포플러 식재 열기는 점점 높아져갔다.

그러나 포플러 식재 사업은 성공하지 못했다. 자세한 내용은 모르겠지만, 예로부터 전해지는 일본 고유의 식재 관념과 작업 방법이 이탈리아의 재배법과 육성법하고는 전혀 달랐기 때문인 듯싶다. 게다가 외래종은 토착종보다 약하다는 점, 입지 조건, 풍토, 목재의 용도, 가치, 극심한 해충 피해, 급속한 시대 변화, 산업 추이 등의 불운도 겹쳤다. 성냥 산업은 그 당시 상당히 호조를 보였고 포플러는 성냥 개비를 만드는 데 적합한 나무였다. 하지만 시대의 변화가 너무 빨라 가정에서 성냥이 쓸모없어졌다. 부엌도 욕실도 난방도, 불은 가스와 전기 스위치 하나로 해결되었다. 재차 타격을 주듯이 담뱃불을 붙이는 100엔 라이터가 나돌았다. 불타오르기도 전에 끝나버린 포플러의 불운을 어쩌면 좋을까. 생각할 때마다 왠지 마음에 그늘이 지는데, 이는 어쩔 수 없는 일이라며 포기하고 있었다.

재작년 2월, Y씨가 별안간 수목원의 포플러를 모두 베어냈다고 했다. 갑작스러운 소식에 놀랐다. 수목원의 포플러는 그 당시 원내 여기저기에 심어 키우던 것으로, 60~70그루 정도 있다고 했다. 빠르게 성장하는 나무는 수명이 길지 않은 경우가 많은데 포플러는 30년 정도 되면 수세(樹勢)가 쇠한다고 한다. 기력이 쇠하면 해충 저항력도 약해지고 사소한 상처에도 쉽게 썩으며 바람도 이겨내지 못하게 된다. 그러기 전에 지금은 아직 약간의 여력을 가지고 있으므로 건강할 때 나무를 수습해주는 편이 좋을 거라는 배려에서 나온 결단이라고 한다. 수긍했다. 산에 있는 나무는 쓰러져도 그대로 두면 된다. 자연이 깨끗이 정화해주고 주변의 나무 중 그 누구도 거치적거린다며 불평하지 않는다. 하지만 도시에 심은 나무는 자연에 맡길 수가 없다. 치우는 것이 이웃에 대한 에티켓과 같아서 Y씨의 배려는 적절한 처리 방법이다.

벌채는 이전부터 알고 지내는, 지금 나가노현에서 성냥개비 공장을 경영하고 있는 지인에게 부탁했다. 지인은 트럭 두 대에 남녀 일곱 명, 작업 도구 일체, 침구, 식기, 식량, 일용품을 싣고 먼 길 마다 않고 달려왔다. 공장 동료인 일곱 명은 마음도 작업 방식도 서로 속속들이 잘 아는 사이인데, 아무래도 크고 굵은 나무를 쓰러뜨리는 거친 작업을 도쿄 시가지에서 해치워야 하는 상황이라 가장 믿음이 가는 인원을 선발했다. 작업은 손이 많이 가서 쉽지 않았지만 예정 일수의 배를 들여 안전하고 깔끔하게 끝냈다. 그리고 이제 뿌리 내리고 서 있는 나무가 아니라 목재라는 이름으로 불리는 포플러는 나가노현으로 돌아가는 트럭에 차곡차곡 쌓여 30년간 살아온 도쿄와 정든 Y씨를 떠나갔다. 솔직히 안도하기도 했고 잠시 감상에 빠지기도 했다고 Y씨는 덤덤하게 말한다.

목재는 그렇게 정리했지만 털어낸 나뭇가지와 잎이 남아 있다. 그해 겨울은 무슨 연유인지 실업 대책

사업에 따라 일하는 사람들이 모이는 집합소에 난방용 연료가 부족해 Y씨는 그곳에 나뭇가지를 기부했다. 그곳 사람들이 나뭇가지를 리어카에 싣고 돌아갔는데 주위에 떨어져 있는 마른 나뭇잎을 깨끗이 쓸어 모아 함께 실어 가져갔다. Y씨는 그것이 마치 포플러를 소중히 대해주는 것 같아서 기뻤다고 한다. 나뭇가지의 양이 상당해서 며칠에 걸쳐 운반했다.

이상의 내용은 일이 마무리된 뒤에 들은 이야기다. 섭섭했다. Y씨에게 물어보았다. 목재는 전부 성냥개비용으로 잘게 잘렸느냐, 아니면 원형 그대로 남아 있는 것도 있느냐, 만약 원형 그대로 남아 있는 목재가 있다면 보러 갈 테니 성냥개비로 만드는 과정을 볼 수는 없겠느냐고 말이다. 다행히 요청을 수락해줘서 보러 갔다. 자른 지 한 달 정도 지났다. 공장은 지쿠마강 가에 있었고 부지 내의 적재장 여기저기에 산더미처럼 쌓인 목재 중에는 '도쿄대 목재'라고 적힌 종이를 끼워둔 목재 더미가 있었다.

적재장에서 처마 아래로 운반된 목재를 정해진 치수(성냥개비 길이 7개분 더하기 여유분)대로 자른다. 자른 목재는 컨베이어에 올려 공장 입구로 운반한다. 입구에서 나무껍질을 벗겨내고, 벗겨낸 표피는 배관을 통해 밖으로 내보낸다. 성냥개비 두께로 자른 목재는 한 장의 얇고 기다란 판자 형태가 되어 그다음 작업대로 운반된다. 그러면 공장 직원이 찢어지거나 흠집 난 부분을 제거하고 느슨하게 돌돌 말아 옆 작업대로 보낸다. 다음은 재단 작업이다. 기계 입구에 집어넣은 얇은 판자가 출구로 나오는 동안, 규격에 따른 가로, 세로, 두께로 재단이 이루어져 성냥개비로 쓸 목재 크기가 되어 나온다. 건조기에 말린다. 건조로(乾燥爐)는 나무껍질, 톱밥, 폐목재 등을 태워 열원으로 사용한다. 건조된 목재는 배관을 통해 2층으로 옮겨진 뒤 통풍을 시켜 마무리한다. 최종 작업은 성냥개비용 목재를 봉투 하나당 25만 개씩 담아 발송부로 보내는 일이다.

알기 쉬운 공정이다. 목재를 적당한 크기로 자르고 더러운 껍질을 벗겨내 얇게 썰어서 얇은 판자 형태로 만들어 채를 친 뒤에 건조하고 통풍시킨 다음 봉투에 담는다. 단순 명쾌한 작업을 보며 문득 생각했다. 이는 '형태를 바꾼다'는 것이다. 산이나 들판

같은 자연 속에서 나무는 시간을 들여 알아차리지도 못할 정도로 서서히 형태를 바꿔가지만 인간의 보살핌 속에 있던 포플러는 인간의 지혜로 단 몇 분, 몇 시간 만에 형태를 바꾼다. 신속하고 간단명료하며 경쾌한 작업을 받을 수 있어 잘됐지 싶다. 포플러를 끝까지 지켜봐준 것은 불운이라는 어둠이 아니라 건조한 밝음이었다. 그런 생각을 하는 내 눈앞에 재단기가 있었다. 성냥개비용 목재는 재단이 끝나면 유리를 끼운 출구로 계속 밀려 나와 혼잡을 이루며 통과한다. 정말이지 밝고 태평해 보였다. 뭐랑 비슷한 것 같았다. 기계가 찰칵찰칵 일정한 리듬으로 흔들리고, 운반되는 성냥개비용 목재도 함께 리듬을 타며 흔들리는 모습이 경쾌하다. 그래, 아와춤(아와 지방에 전해 내려오는 전통 춤. 무릎을 구부린 상태로 경쾌한 리듬에 맞춰 양팔을 흔들며 앞으로 나아가는 식이다 – 옮긴이)의 즐거움과 비슷하다는 생각을 했다. 정말로 아와춤을 추듯이 정사각형, 같은 치수, 흰 피부의 성냥개비 목재는 일어섰다 앉았다 춤을 추며 힘차고 활기차게 앞으로 나아갔다. 지화자 좋다 하고 추임새를 넣고 싶었다. 포플러는 애석해하러 찾아간 내게 오히려 유쾌한 춤을 선사했다.

　올해는 이상기후로 초목이 늦게 싹트고 있는데 버들개지는 어떻게 지내고 있을까. 그 어디에서도 정보가 들리지 않는다. 모르는 사이에 다 떨어진 걸까, 아니면 아직 피지 않은 걸까. 오직 떠오르는 생각은, 포플러는 격조와 절도 있는 춤을 춘다는 것이다.

해설

사에키 가즈미(佐伯一麦)

1990년 10월 31일 저자가 86세의 일기로 별세한 후, 1992년에 유작으로 출간된 이 단행본을 읽고 나는 잘 쓴 글을 읽었다는 큰 기쁨에 잠겼다.

잘 쓴 글이란 어떤 글일까? 예를 들면 서머싯 몸은 『서밍업(The Summing Up)』에서 다음과 같이 서술하고 있다.

좋은 문장이란 좋은 환경에서 성장한 사람의 좌담과 비슷해야 한다고들 한다. …… 예의를 존중하고 자신의 용모에 주의를 기울이되(좋은 문장이란 적당하고 게다가 수수하게 맵시를 살린 사람의 옷과 비슷해야 한다고들 하지 않는가) 너무 고지식하지도 않고 항상 적당한 정도를 지키며 '열광'을 비난하는 눈으로 봐야만 한다. 그것이 산문에는 더없이 걸맞은 토양이다.

영국인 서머싯 몸의 말이 고다 아야의 단련된 문장의 매력을 하나하나 짚어내고 있어 놀랐다.

218

서머싯 몸이 열거한 '토양'이란 그 조건을 뒤집어보면 전후 50년간의 일본 사회가 떠오른다. 다시 말해 예의를 경시하고 유행하는 화려한 옷을 여봐란 듯 몸에 걸치고 경박하거나 혹은 고지식해서 늘 편향되는 경향이 있으며 '열광'에 쉽게 물든다. 그 속에서 방대하게 써 갈기는 문장은 "좋은 환경에서 성장한 사람의 좌담과 비슷"하기는커녕 성장 환경과 취향이 나쁜 사람의 가장행렬과 비슷하다.

사후에 잇따라 출간된 작가의 책을 많은 독자들이 읽게 된 요인은 그런 풍조에 불만을 갖고 있던 우리의 마음을 사로잡는 데가 있었기 때문이다. 하지만 그것은 단순히 일본의 잃어버린 정서를 추구하는 마음의 움직임에서 비롯되었기 때문만은 아니다. 이 점은 앞에서 인용한 서머싯 몸의 말이 들어맞는 것으로 분명하다. 단적으로 우리는 '좋은 문장'에 굶주린 상태였다.

이 책에는 나무에 얽힌 열다섯 편의 에세이가 수록되어 있다. 첫 번째 작품인 「가문비나무의 갱신」이 발표된 때는 1971년 1월, 마지막 작품인 「포플러」는 1984년 6월이므로 13년 6개월이라는 오랜 세월 동안 간헐적으로 집필되었다는 뜻이 된다. 그것은 작가가 뭐에 홀린 듯이 일본 방방곡곡을 돌아다니며 만나본 나무를 자신의 마음속에 어떻게 정리할지 끈기 있게 노력한 나날이었을 것이다. 이 단행본이 생전이 아니라 사후에 유작으로 출간된 이유도 저자 안에서 아직 미처 다 음미하지 못한 부분이 있었기 때문일지도 모르겠다.

어쨌든 나무와 접할 때도 "1년은 겪어봐야 확실하다", "적어도 계절마다 한 번은 봐두어야 무슨 말을 할 수 있다"는 것이 저자의 태도다. 그 태도는 '젊었을 때 몸에 밴, 음식도 옷도 집도 최소한 1년 동안은 경험해봐야 무슨 말을 할 수 있다'는 가사 경험에서 비롯된다고 저자 자신은 생각한다.

그토록 조심성 많은 사람이 남긴 문장인 만큼 정리가 안 되어 있다는 인상은 물론 없다. 완벽하다고 해도 좋다. 아마 인간의 삶을 나무에 가탁한 저자에게 살아 있는 한 나무에 대한 인식은 새로워져야 하고, 그것을 마음에 간직할 수 있다는 것은 자기 생명의 완료 시점이라는 생각이 있었을 것이다.

즉 자신의 생명을 끝마침으로써 새로운 것을 내놓는다. 벌목된 나무가 목재로 되듯이 말이다. 이 책은 그렇게 해서 태어난 것이다.

서머싯 몸이 말하는 '좋은 문장'의 정의를 단서로 본서에 담긴 고다 아야의 문장의 매력을 조금 더 자세히 서술해보겠다.

우선 '좋은 환경에서 성장한 사람'이라는 점에 대해서다. 알고 있다시피 저자는 고다 로한•의 둘째 딸로 태어났다. 하지만 그 사실이 올바르게 자랐다는 것과 직결되지는 않을 터이다. 성장 환경이 「등꽃」이라는 에세이에 극명히 묘사되어 있다.

초목에 마음을 두게 된 바탕으로 저자는 어릴 적의 세 가지 일을 떠올린다. 첫째는 살던 곳에 약간의 초목이 있었다는 환경. 둘째는 부모가 그렇게 만들어주었다는 점. 아버지 로한이 자식들 각자에게 나무를 주고 관심을 갖게끔 했다고 한다. (개인적인 일을

• 幸田露伴(1867~1947). 일본의 소설가이자 수필가. 일본의 근대 문학 형성에 크게 기여했다.

잠시 말하자면, 딸이 태어나면 빨리 자라는 오동나무를 심어 딸에게 너의 나무라고 가르쳐준 뒤 정성을 다해 키우게 해 시집갈 때 나무를 잘라 작은 장롱이나 나막신을 만들어 들려 보낸다는 도호쿠 지방의 풍습을 어머니에게서 들었던 기억을 떠올렸다.)

셋째는 질투심을 꼽는다. 아버지가 나뭇잎 이름을 물어보았을 때 언니는 나뭇잎 알아맞히기가 특기라서 마른 나뭇잎을 보고도 어떤 나무의 잎사귀인지 알아맞히지만 저자는 아무리 애를 써도 이길 수가 없었다. 언니를 향한 질투가 초목과 인연을 맺게 되는 계기를 한층 강화했다고 말이다.

그 경위를 읽고, 나는 '문장은 사람이다'라는 말을 생각했다. 그 구절뿐만 아니라 이 책 전반에 걸쳐 저자는 속을 내보이며 이야기한다. 시시한 허영심과 콤플렉스 때문에 자신의 부채와 무지를 우물쭈물 넘기려 하지 않는다. 몸이 말한 '좋은 환경에서 성장'했다는 것은 자신의 본바탕을 착각하고 있지 않다는 의미로도 이해할 수 있을 것 같다. 학식은 있어 보이지만 박정한 얼굴을 한 문장이나, 누군가의 말을 흉내 내고 있다는 사실을 깨닫지 못한 미숙한 문장은 분명 좋은 환경에서 성장하지 못했다는 생각이 들게 한다. 그에 비해 좋은 환경에서 성장한 사람의 솔직한 문장은 저자에 대한 두터운 신뢰를 불러일으킨다. '예의를 존중하고'는 어떠한가. 저자는 나무를 보러 갈 때마다 많은 친절을 경험한다. 발 딛기 힘든 곳에서는 손으로 잡아주기도 하고 줄을 붙잡게 해주기도 한다. 야쿠 삼나무를 보러 갔을 때는 업어주기도 한다. 그뿐만이 아니라 가는 곳곳에서 들은 절차나 가르침의 말 하나하나를 고마워하며 아주 예의바르고 정중하게 기록한다. 이것이 만난 사람의 온기를 전하여 이 에세이 전체에 풍성함을 불어넣고 있다.

폐신문을 더럽히지 않았다, 접힌 부분을 서로 겹치게 쌓아 묶어놓았다, 끈으로 단단히 꽉 묶었다고 화장지 교환 장수에게 칭찬받는 에피소드에도 저자의 성실함과 정직함이 잘 나타나 있다. '자신의 용모에 주의를 기울'인다는 점에서는 「나무의 기모노」라는 에세이가 참고가 된다. 삼나무는 세로줄 무늬 기모노를 입고 있다. 소나무는 거북이 등딱지 모양의 육각형 무늬, 노각나무는 민무늬 기모노, 은행나무의 기모노는 쪼글쪼글 주름이 있고 플라타너스의 기

223

모노는 은은하다기보다 독특한 빛깔에서 배어 나오는 아름다움이 있다. 이것은 70년간 기모노를 입으면서 익숙해진 사람만의 관점임이 틀림없다. 현대는 기모노와 인연이 멀어졌지만 천의 문양에 빗대는 심성은 아직도 살아 있는 것 같다. 조몬 삼나무를 손으로 짠 직물이라고 보는 것도 흥미롭다.

'너무 고지식하지 않은' 성격은 여기저기서 조금씩 볼 수 있다. "꼴찌는 약한 몸으로 간신히 살아가는 허약하고 열등한 나무", "만약 나무가 떠들기 시작한다면 바로 이때일 것 같다", "비는 삼나무에게 주는 선물" 등 일상적 표현의 묘미를 보여주는 구절은 인용하자면 끝이 없을 정도다.

그리고 '항상 적당'함을 지키는 다소곳한 태도는 환경을 보호하자거나 자연은 상냥하다고 하는 인간의 오만함을 저절로 깨닫게 해준다. 인간이 할 수 있는 것은 나무가 살아가는 모습을 똑똑히 보고, 그 생명의 있는 그대로를 눈여겨보는 것뿐이라고 주장하는 듯하다.

이 글을 쓰고 있는 지금은 마침 단풍의 계절이다. 휴일이었던 어제도 많은 관광객으로 북적이는 관광지의 모습을 텔레비전이 비춰주었다. 그 "'열광'을 비난의 눈으로 보는" 저자는 '나무의 상냥함'을 이렇게 적는다.

위험 지대를 수놓는 단풍의 아름다움은 각별했다. 위험성을 정확하고 자세히 알고 있는 사람이 옆에 있어 가르쳐주었기에 호들갑을 피우지는 않았지만, 만약 아무것도 몰랐다면 나는 역시나 호들갑스레 행동했을 것이다. 나무는 역시 속이는 힘을 가지고 있는 것일까.

「편백」에서 수목의 이상적인 울창한 모습은 동행한 산림청 직원의 입을 통해 이렇게 묘사된다.

이 숲은 활력이 넘쳐요. 노년층, 중장년층, 청소년층, 유아층 등 모든 연령층의 나무가 이 숲에서는 모두 활력이 넘쳐요. 장래의 희망을 기대할 수 있는 이런 숲이 바로 우리가 가장 흐뭇하게 바라보는 숲이에요.

이 구절을 읽고, 쥘 르나르의 『박물지』 중 「나무 일가」의 한 구절을 떠올렸다.

태양이 쨍쨍 내리쬐는 들판을 가로지르면 처음 그들을 만날 수 있다.

그들은 길가에는 살지 않는다. 소음이 들리기 때문이다. 그들은 미개간지 가운데 작은 새만이 알고 있는 샘을 거처로 삼는다. ……

그들은 일가를 이루고 생활하고 있다. 가장 연장자를 중심으로 아이들, 겨우 첫 잎이 막 돋아난 아이들은 그저 어쩐지 일대에 죽 늘어앉아 결코 서로 이별하는 일 없이 살아가고 있다.

그들은 서서히 오랜 시간을 들여 죽어간다. 죽은 뒤에도 먼지가 되어 무너져 내릴 때까지 우뚝 선 채로 모두의 감시를 받는다.

그들은 맹인처럼 그 긴 가지로 살짝살짝 건드리며 모두 그 자리에 있음을 확인한다. 강풍이 휘몰아쳐 뿌리가 뽑혀 나갈 것 같으면 그들은 화를 내며 몸을 숙인다. 하지만 서로 간에 언쟁 한 번 없다. 그들은 화합의 소리만 속삭인다.

(1995년 10월)

『나무』는 지은이가 10년 넘게 일본 전국의 나무를 찾아다니며 체험하고 성찰한 바를 기록하여 엮은 책이다. 또한 지은이가 세상을 떠난 뒤 나온 유작인 만큼 의미도 각별하다. 노작가의 나무에 대한 독특한 관점은 나무의 새로운 면을 살펴 보여준다. 번역하는 내내 작가의 섬세한 묘사 속 따뜻한 시선을 느낄 수 있어 행복했다.

나무에 대해 아느냐고 물어보면 사람들은 대체로 잘 안다고 대답할지도 모르겠다. 사전적 의미를 말하는 사람도 있을 것이다. 땅 밑에 뿌리를 내리고 쭉 뻗은 줄기와 가지에 잎사귀가 달려 있는 나무의 이미지를 떠올리는 사람도 있을 것이다. 어떤 심리 테스트는 나무 모양을 어떻게 그리느냐에 따라 사람의 성향을 알 수 있다며 상징적 의미를 알려주는 사람도 있을 것이다. 출신지에 따라 수종이 달라질지도 모르겠다.

우리는 나무의 무엇을 알고 있을까? 그리고 나무

를 안다면, 그건 어떤 의미가 있을까? 많은 이들이 도심에 살기 때문에 나무를 일상적으로 접하기 어렵다고 여기기도 한다. 하지만 도심 속에서도 가로수를 비롯해 의외로 많은 나무를 볼 수 있다. 우리가 주변에 별다른 관심을 두지 않기도 하거니와 나무를 보더라도 눈여겨 살필 여유가 없어서일지도 모르겠다.

나무의 존재를 느끼고 나무의 삶을 살펴보는 시간은 자신의 인생을 성찰하는 시간이 되어줄 것이다. 「가문비나무의 갱신」에서 작가는 쓰러져 죽은 가문비나무 위로 새로운 가문비나무가 자라나는 현장을 목격하며 인간의 생과 사에 대한 깨달음을 얻는다. "생사의 경계, 윤회의 무참함을 봤다고 해서 그렇게 집착할 필요는 없다. 죽음의 순간은 찰나다. 죽은 후에도 이처럼 온기를 품을 수 있다면 그걸로 괜찮다. …… 이 온기를 남은 생의 선물이라 믿으며 살아가야겠다"고 결심하는 부분은 그 깨달음이 잘 드러나는 단락이라 할 수 있겠다.

「소나무, 녹나무, 삼나무」에서는 도심 한복판에 홀

로 우뚝 선 거목을 보고 그저 감탄하는 데 그치는 것이 아니라 유심히 살펴보며 한 생명이 거쳐온 삶의 순간들을 읽어낸다.

작가에게 '나무를 안다는 것'은 '나무의 생김새를 하고 있으니 이것은 나무다' 하고 아는 그런 수준이 아니다. 직접 나무를 만나 세심하게 살펴보고 나무의 삶을 나무의 관점에서 바라보는 것, 나무를 둘러싼 주변 환경을 통해 이해의 깊이를 더하는 것이다. 이를 통해 인간, 더 나아가 생명에 대한 깨달음까지 얻을 수 있다는 것이다. 책에는 그와 같은 작가의 생각이 관통하고 있다.

덤으로 메이지 시대를 대표하는 문호(文豪) 고다 로한이 아버지로서 어떻게 자식 교육을 했는지 그 단면도 엿볼 수 있다.

책의 번역을 마칠 무렵, 어느 날 아파트 주변을 돌며 나무들을 바라보았다. 잎을 떨구며 서 있는 나무는 쓸쓸했다. 마치 나무가 나를 그윽하게 바라보는 듯했다. 얼마동안 그렇게 서 있었을까. 찬 바람 속에

229

서 있는 나무보다 오히려 그를 바라보는 나 자신의
쓸쓸함에 눈물이 핑 돌았다. 나는 나무에 기대었다.
따뜻한 생명이 느껴졌다.

각 에세이는 처음에 잡지 『학등(學鐙)』에 실렸다.

옮긴이 차주연

일어일문학을 전공하고 일본문화학을 공부했다. 대학교 부설연구소 연구원을 거쳐 현재 다양한 분야의 말과 글을 옮기는 일을 한다. 역서로는 『플랜던 농업학교의 돼지』, 『동중국해 문화권』(공역), 『저주하는 일본인 저주받는 일본인』(공역) 등이 있으며, 공저로는 『일본문화의 전통과 변용』이 있다.

나무

고다 아야 지음
차주연 옮김

초판 1쇄 발행 2024년 12월 20일
초판 4쇄 발행 2025년 1월 20일

발행 책사람집
디자인 오하라
제작 세걸음

ISBN 979-11-94140-03-0 (03830)

책사람집

출판등록 2018년 2월 7일
(제 2018-000269호)
주소 서울시 마포구 토정로 53-13 3층
전화 070-5001-0881
이메일
bookpeoplehouse@naver.com
인스타그램
instagram.com/book.people.house/